Las Navidades de mi vida

Ariadna Baker

Primera edición

Las Navidades de mi vida

© 2020, Ariadna Baker.

© Imagen portada: Adobe Stock.

ÍNDICE

Capítulo 1

—Clara, te acompaño en el sentimiento—me dijo Don Damián, el cura del pueblo.

—Muchas gracias, se lo agradezco de corazón.

—Un corazón muy grande es el que siempre has tenido tú, niña. No cambies, ¿eh?

—Don Damián, un poco enfadada sí que estoy con el de ahí arriba, a usted no le puedo mentir.

—Hija mía, no digas eso ni en broma. Dios nuestro Señor ha tenido a bien acogerlos en su seno por alguna razón, ¿no te parece?

—No, lo siento mucho, Don Damián, pero no me parece.

Miré sus lápidas y las lágrimas cayeron como puños desde mis ojos…

Con el cuerpo completo perlado de sudor, me senté en la cama de un salto. Un salto más… Y una madrugada más sin pegar un ojo. Aquella situación era insostenible.

Seis meses habían transcurrido desde el fallecimiento de mis padres y seis meses en los que estaba por primera vez que lograra dormir a pierna suelta. Imposible hacerlo. No cuando aquella pesadilla me asaltaba una y otra vez.

Ni que decir tiene que la clave estaba en que yo no podía soportar su marcha. Me lo decía mi amiga Carla, que estaba estudiando Psicología. Y me lo corroboraba cada noche, mientras charlábamos un ratito después de la cena, mi tía Marita, la única hermana de mi madre, con la que yo me había marchado a vivir desde la muerte de mis progenitores.

—Cariño, ¿otra vez la misma pesadilla? —Ya la tenía en el quicio de la puerta, como cada noche cuando aquello ocurría.

—Me temo que sí. Y lo que más siento es que te despierto a ti, no es mi intención.

—No seas bobita, mi niña. Te voy a preparar un vasito de leche calentita y, si quieres, te doy un poquito de palique mientras te vas durmiendo, como cuando eras pequeñita y te quedabas a dormir aquí en mi casa algún fin de semana, ¿te acuerdas?

—Cómo no voy a acordarme, tita, si eras la mejor cuenta cuentos del mundo…

—Imaginación sí que he tenido siempre, es cierto… Pero es que no me costaba ningún trabajo, cariño, tú has sido siempre tan agradecida…

—Y tú la mejor tita del mundo…

No exageraba, pero lo cortés no quitaba lo valiente. Mi tía, que además era mi madrina, siempre había derrochado cariño conmigo, pero ello no le restaba ni un ápice de dolor a mi corazón por el fallecimiento de mis padres.

Cincuenta añitos tenían, justo el doble de mis veinticinco. Estaban en la flor de la vida, mejor que nunca, ahora que creían que por fin me habían metido en vereda haciéndome estudiar.

Cuánto me arrepentía de no haberles dado antes ese gusto, pero es que yo estaba convencida de que no servía para hincar codos con los libros. Y ellos, que no habían tenido esa oportunidad de jóvenes, morían porque su única hija fuera universitaria.

Total, que, siguiendo mi instinto, me puse a trabajar en la panadería de la señora Lola a los dieciocho años, cuando terminé el Bachillerato. Y allí permanecí hasta que cumplí los veintiuno.

—Hija, qué poco nos gusta a tu padre y a mí que te deslomes en esa panadería por cuatro duros—me decía cada dos por tres.

—Mami, pero es que tengo que trabajar, ¿o quieres que sea como los ninis esos que no dan palo al agua?

—Claro que no, Clarita, pero tú tienes cabeza para hacer la carrera que te venga en gana, otra cosa es que para coger los libros sí que eres más floja que un muelle guita y eso tienes que reconocerlo.

Lo reconocía, pero tanto me lo dijeron mis padres que finalmente me matriculé en Sociología a los veintiún añitos. Y justo iba a graduarme cuando ellos fallecieron. Solo una semana faltaba.

Ni acudir al acto de graduación quería. No me sentía con fuerzas. Si no hubiese sido por mi tía Marita, que me llevó prácticamente a rastras, allí no me hubieran visto el pelo.

Fue acabar el acto y volver para casa. No quise ir a la cena de celebración con mis compañeros. A diferencia de ellos, que se sentían victoriosos, yo pensaba que aquella victoria se la debía a mis padres y ya no estaban para verlo.

El verano fue una auténtica pesadilla para mí, con unos días largos que invitaban al ocio y que se me hacían eternos, dado que el mencionado ocio era lo último que me apetecía.

A decir verdad, ni me apetecía el ocio ni absolutamente nada. Aquel accidente de tráfico había truncado mis sueños. Mis padres fueron, mientras vivieron, el gran puntal de mi vida y yo me sentía tremendamente desgraciada por su marcha.

A medio verano, volví a trabajar a la panadería de la señora Lola.

—Pero vamos a ver hija, ¿se puede saber cómo una señorita licenciada va a desempeñar el mismo trabajo de cuando no tenía estudios? —me recriminó mi tía.

—Es que, empezar a buscar trabajo de lo mío, me supone marcharme del pueblo y tenerme que ir a la capital y eso no me llama ahora.

Salamanca capital me encantaba y yo había sido muy feliz estudiando allí, pero desde la marcha de mis padres no había tenido agallas para volver y ahora solo quería refugiarme en el pueblo.

La señora Lola fue la primera sorprendida en verme aparecer por su local con la intención de trabajar, pero como yo había dado el callo como la primera mientras estuve allí, me acogió con los brazos abiertos.

Desde entonces ya habían transcurrido varios meses y, dado que allí también se vendían dulces, con la campaña de Navidad a las puertas estábamos a tope.

Después de una noche toledana como la que he descrito, tuve que disimular mis ojeras para poder ir a trabajar como Dios manda.

Por el camino me encontré a la señora Ana, quien no tardó en pararme.

—¿Cómo estás, Clarita?

En el pueblo todos me llamaban por mi diminutivo. Días atrás yo le había preguntado a mi tía por cuándo creía que dejaría la gente de hacerlo y me comentó que probablemente nunca.

—Hija, es que como pareces una chiquilla… Con esas facciones tan tiernas, ese pelito rubio y esos ojos azulitos, pues que dan ganas de achucharte.

Me dio uno de sus achuchones habituales y se quedó en la gloria con su explicación.

Lo peor no era ya solo que me trataran como a una niña, sino que en los últimos meses había vivido así.

Atrás, en Salamanca capital, quedó mi noviazgo con César. La muerte de mis padres se lo terminó de llevar por delante, aunque no voy a decir que ese fuera el único motivo.

César y yo llevábamos saliendo un par de años. Él era el hijo de la pareja que nos alquiló un piso de estudiantes a mí y a mis compañeras, Mara y Raquel, mientras duraron nuestros estudios.

Un buen día, cuando ya llevábamos dos cursos allí, César apareció para sustituir una lámpara estropeada y lo que se iluminó entre nosotros fue la llama del amor. Eso sí, pasados los primeros meses, la relación tampoco es que fuera la bomba y un par de años después yo me planteaba hasta qué punto era el hombre con el que deseaba compartir mi vida.

El fallecimiento de mis padres le dio jaque mate a nuestro noviazgo, pues yo me aparté del mundo por completo, lo que le incluía a él. Y tampoco es que César luchara demasiado por lo nuestro. Digamos que ambos fuimos dejando que nuestro amor muriera poco a poco, dando paso a una cierta amistad y poco más.

—Ahí vamos, señora Ana—le contesté con muy pocas ganas de entrar en honduras.

—Poco a poco, hija. Ya en nada tenemos aquí las Navidades y…

La mujer lo soltó de sopetón y en automático se calló, pues debió darse cuenta de su metedura de pata. Malditas ganas que tenía yo de celebrar las Navidades ese año. Si hasta me quería zafar de decorar la casa con mi tía y no sabía cómo hacerlo. La pobre me había "amenazado" con que el puente de la Constitución debíamos hacerlo y yo no paraba de darle largas.

—Ya, ya… Por cierto, ¿y Lucas? Hace mucho que no lo veo.

Su hijo Lucas y yo habíamos sido grandes amigos en la infancia y adolescencia.

—Dificilito está que lo veas, hija. Se fue con la muchacha esa con la que salía, con Elsa, a Laponia a vivir.

—¿A Laponia?

—Sí, sí, hija, a la gran puñeta, vaya, que además hace allí un frío que pela. Pero como a ellos les ha encantado, pues nada.

—Me quedo loca, yo no veía a Lucas demasiado lejos del pueblo, vaya vueltas que da la vida.

—Ni yo, hija. Pero se fueron este verano y allí están, regentando una tienda de galletas de jengibre que por lo visto para los lugareños son lo más de lo más.

—Qué personaje este Lucas….

Me despedí de la señora Ana y pensé en lo sorprendente que era la vida. De niños, yo le decía a Lucas que sería jefa de una gran compañía y él a mí que astronauta.

Y ahora resulta que él vendía galletas en Laponia y yo en el pueblo. Y eso pese a que los dos éramos licenciados…. Una casualidad que me sacó la sonrisa, cosa que no ocurría todos los días en los últimos meses.

Llegué a la panadería y la señora Lola me indicó el cerro de trabajo que debíamos realizar. Hasta la espalda se me estaba resintiendo desde que teníamos la Navidad en puertas.

—Clarita, ya le he dicho a Lorenzo, mi marido, que como esto siga así al final vamos a tener que ampliar el negocio. Francisco, el chico del local de al lado, lo deja en breve y creo que sería una gran oportunidad para hacerlo de una vez por todas también pastelería.

—¿Y no lo es ya, señora Lola? Por el amor de Dios, si aquí servimos más dulces que gente hay en la guerra.

—Es verdad, hija, incluso nuestros turrones artesanales están teniendo un éxito de no te menees. Son ya muchas las personas de otros pueblos que se están acercando a por ellos. De hecho, yo quería hacerte luego un ofrecimiento, Clarita, a ver qué te parece.

—De acuerdo—asentí mientras me cambiaba y me ponía el uniforme de trabajo que recientemente la buena mujer había encargado para mí.

De ser una pequeña y modesta panadería, aquel negocio estaba creciendo a pasos agigantados y por lo visto la señora Lola me iba a tener presente para ampliar el negocio.

Otra cosa era que a mí no me hiciera ni pizca de gracia. Había vuelto a trabajar allí para matar un poco el tiempo mientras pasaba el duelo por la muerte de mis padres, pero me parecía que era traicionar su memoria el quedarme anclada a aquel trabajo. Y no porque tuviera nada de malo… que estaba sensacional sino, porque ya que ellos habían empleado su dinero y yo mi tiempo en mis estudios, lo menos que podía hacer era sacarles partido.

Resoplé y pensé que, con el nuevo año, tendría que coger las riendas de la situación y plantarme donde quiera que fuese que pudiera encontrar trabajo.

Pero mientras, una idea rondaba mi cabeza, ¿y si hacía un viaje que me sirviera de punto de inflexión?

De repente, fueron varios los destinos que vinieron a mi mente. Me refería a destinos modestos, que tampoco quería dilapidar la herencia de mis padres en caprichos. Sin embargo, estaba segura de que ellos querrían que hubiera cogido un pellizquito para hacer un viaje que mejorara mi deprimente situación.

De lo que se trataba era de dar una vueltecita por algún destino europeo de esos considerados idílicos. Y, dada la conversación que tuve aquella mañana con la señora Ana, uno resonaba con fuerza en mi cabeza; Laponia.

Pensar en Laponia era hacerlo en Navidades, en renos y en Papá Noel. Y aunque yo aquel año estuviera huyendo de todo eso, quizás lo mejor fuera coger a uno de esos renos por los cuernos y enfrentarme a unas fechas que estaban al caer…

Capítulo 2

—Tita, lo mismo este año tienes que decorar la casa tú sola. O mejor todavía, dile al primo Alfredo que venga ese puente y te ayude a hacerlo.

Mi primo Alfredo, compañero de juegos de mi infancia al igual que mi amigo Lucas, era el único hijo de mi tía Marita y vivía en Ferrol.

—Sí, en eso estaba yo pensando. Menudito es de cuadriculado para hacer un viaje mi hijo. Vendrá en Navidades y pare usted de contar, pero eso es lo de menos… ¿se puede saber por qué demonios no podrás ayudarme tú, hija?

—Porque me voy a ir de viaje, tita, lo necesito.

—¿De viaje? Pero si no has querido volver ni a la capital desde… En fin, ¿tú estás segura de lo que estás diciendo?

—Segura como que es de día, tita. Es lo que necesito, viajar, ¿te parece bien?

Por primera vez una sonrisa, pero bien amplia, se dibujó en mi cara. Y a mi tía no se le fue por alto.

—Me parece bien, me parece bien. Cualquier cosa por verte feliz de nuevo, mi niña.

Me puse manos a la obra aquel mismo día. Por primera vez en mi vida iba a dejar de ser tan formal y cuadriculada. Yo tenía acumulados días de vacaciones y en el pueblo sobraba gente para echarle una mano aquellos días a la señora Lola. Otra cosa era que yo le sacaba las castañas del fuego y que a ella le venía fenomenal que siguiera allí al pie del cañón.

Se había acabado el ser tan condescendiente. A partir de ese momento, sería en mí en quien pensara…

Al día siguiente lo puse en su conocimiento. Ni más ni menos. Me iba por diez días. Volvería una semana antes de Navidad, para celebrar esas fechas con la poca familia que me quedaba.

Atrás quedaban aquellos años en los que las Navidades me habían gustado con auténtica locura y que moría cantar villancicos con mis padres, mi tía y su hijo, mientras preparaba sus regalos y soñaba con los míos.

Ahora toda la familia que tenía se reducía a mi tía y a mi primo, a quien además no le veíamos el pelo por el pueblo más que en las ocasiones señaladas.

—Pero Clarita, tú no te puedes ir ahora, hija de mi vida… ¿Sabes cómo tenemos esto de gente todos los días? —me preguntó consternada la señora Lola.

—No se preocupe por nada, señora Lola, que ya hablé anoche con mi amiga Virginia y ella me dijo que me sustituirá encantada. También trabajó una época aquí con usted y sabe de qué va el negocio. No va ni a notar el cambio.

—Eso lo dirás tú, hija, pero es que yo contigo me apaño mejor que con nadie. Ya te dije ayer, de hecho, que quiero ofrecerte algo, pero fue terminar y marcharte como alma que lleva el diablo.

—Señora Lola, no la voy a engañar. Lo he estado pensando y yo no quiero que me ofrezca nada que me vincule más al pueblo. Lo más seguro es que me marche a Salamanca capital después de las Navidades. O incluso lo mismo amplío las miras y tiro para Madrid, todavía no lo tengo decidido. Lo que sí es cierto es que no voy a quedarme en el pueblo, así que mejor vaya usted haciéndose a Virginia o a quien considere necesario.

Así de contundente se lo dije y a ella no le quedó más remedio que entenderlo.

Me iba en pocos días y tenía muchas cosas que preparar. La primera de ellas, sin duda, era mentalizarme, porque yo nunca había viajado sola y mucho menos al extranjero.

La segunda era conocer ese nevado lugar para no meter la mata y arruinar mis vacaciones. Pensé en escribirle a Lucas y que él me diera las pertinentes explicaciones, pero luego llegué a la conclusión de que aquel era un viaje en el que debía agenciármelas sola si quería sentirme orgullosa de mí misma.

—¿Y si me voy contigo? —me ofreció mi amiga Carla cuando hablé con ella aquella noche por teléfono.

—Te lo agradezco de corazón, cariño, pero en otra ocasión. En esta voy para encontrarme a mí misma, y no creo que haya una mejor manera de hacerlo que sola, ¿lo entiendes?

—Perfectamente, lo entiendo perfectamente, no te preocupes…

A partir de ese momento, me puse manos a la obra. Buscar información sobre aquel destino invernal alegró mis noches.

—Quién te ha visto y quién te ve, hija—me decía mi tía Marita mientras me traía un vasito de leche calentita al sofá.

Mientras, ella cogía la botella de orujo de hierbas y se servía un chupito.

—Pues la verdad es que sí, tita, me hace mucha ilusión.

—Bueno, bueno, ya sabes que me tienes que mandar mil y una fotos en las que yo vea esa sonrisa bonita. Solo así sabré que habrá valido la pena, hija.

—Va a valer no la pena, sino la alegría, tita, ya lo verás—le comentaba yo mientras le enseñaba unas imágenes de aquel lugar que, más que otra cosa, bien parecían postales.

Yo no iba a saber ni por dónde comenzar. De pronto, aquella apasionante aventura que se abría ante mí se convertiría en algo especial. La idea de cruzar el Círculo Polar Ártico y aterrizar en pleno pueblo de Santa Claus en el invierno polar me seducía cada día más.

De hecho, me metí en varios foros y todos aquellos que lo habían visitado coincidían en que Laponia era un lugar al que había que ir al menos una vez en la vida. Muchos de ellos hablaban de las maravillas de hacerlo con niños. Obvio que niños no tenía, pero para niña ya estaba yo…

Eso era lo mejor, que aquel viaje había conseguido, de golpe y porrazo, despertar en mí aquella ilusión infantil que yacía adormecida en el interior de mi alma desde que la pena se adueñó de mi existencia.

Pensar en las auroras boreales que surcaban su cielo, en aquellos pueblos iluminados con las luces de Navidad, en sus alojamientos tan diferentes a todo aquello a lo que yo pudiera estar acostumbrada o a los deliciosos platos de su gastronomía me hacían vivir la ilusión de disfrutar de algo realmente inolvidable.

Y, como guinda del pastel, antes de partir recibí una noticia inesperada.

—Cariño, siéntate, tengo algo que contarte—me dijo mi tía el último día que llegué del trabajo y andaba ultimando mi equipaje.

—Huy, huy, que eso me suena a que tenemos mucho de lo que hablar, ¿ha pasado algo malo?

Me asustó pensar que algún imprevisto de última hora diera al traste con aquellas vacaciones que tanto me ilusionaban.

—No, no es nada de eso. Más bien es algo bueno, si no fuera porque tiene que ver con lo que tú ya sabes—murmuró ella.

—¿Con la muerte de mis padres? —Me escocía hasta hablar de ello en alto.

—Sí, con eso. Ten presente que tus padres siempre fueron muy cuidadosos con sus cosas, pero a veces las casualidades son increíbles. Cuando estuvieron en Madrid, arreglando aquellos papeles…

—Ya, maldito viaje a Madrid—suspiré porque a su vuelta fue cuando perdieron la vida en la carretera.

—Sí, sabes que tu padre se sintió un poco pachucho y estaba negociando una baja temporal con su compañía.

—Lo sé, lo sé… Pues nada que, como era tan previsor, lo mismo pensó que si enfermaba o le ocurría algo tú quedarías un tanto desprotegida en la vida, igual que tu madre.

—¿Y…?

—Y firmó un seguro de vida por valor de doscientos mil euros del que su abogado no ha tenido conocimiento hasta hace unos días.

—¿Qué me estás contando, tita?

—Lo que te digo, hija. A tu padre no le dio tiempo ni a comentárselo al abogado que le llevaba sus cosas, lo hubiera hecho a su vuelta, pero…

—Pero como no volvió, no nos enteramos. Ni el abogado, ni nosotras ni nadie.

—Exacto, y ha sido estos días cuando, moviendo papeles, se ha enterado del tema.

—Lo que me convierte en beneficiaria de ese seguro.

—Sí, en única beneficiaria, con lo cual vas a tener parte de tu vida solucionada, algo que no sabes cuánto me alegra.

—Sí que lo sé, tita, sí que lo sé.

Lógico que aquellas no iban a ser las Navidades de mi vida, pero dicen que las penas con pan son menos y aquella noticia me alegró. No, el dinero de aquel seguro no le restaría dolor a su muerte, pero sí me aliviaría el porvenir. En definitiva, que tendría menos comederos de olla cuando volviera, por lo que pensé que menos daba una piedra.

A priori, mis padres me habían dejado un dinerillo en el banco, pero su cifra no se aproximaba ni de lejos a aquella otra que cobraría ahora. También heredé nuestro piso familiar en el pueblo, al que no quise volver por miedo a enfrentarme a los recuerdos, y que permanecía desde entonces cerrado a cal y canto.

Lo siguiente que hice fue ofrecerle a mi tía una parte de aquel dinero por lo mucho que me había ayudado en aquel tiempo.

—No te pego de milagro, mi niña, lo que yo te haya ayudado o te haya dejado de ayudar, lo he hecho de corazón. Nada me alegrará más que el hecho de que vuelvas más recuperadita de ese viaje.

Sí que estaba más recuperada desde que lo tenía en mente, esa era la verdad. Es más, llevaba varias noches sin que aquella pesadilla me asaltara.

Los expertos dicen que, si te vas triste o deprimido de viaje, esa tristeza o depresión será lo primero que metas en tu maleta cuando partas, por lo que pensé que era vital deshacerme de la mía antes de emprender aquella aventura.

Eso mismo pensé cuando volaba hacia aquel país que hacía pensar en nieve y en bajísimas temperaturas.

Cerca de mí, unos jóvenes padres con una niña me hicieron recordar a los míos. Yo no viajé demasiado con ellos en avión de pequeña, a excepción de cuando me llevaron a Disney en París, pero no había puente o vacaciones que no nos subiéramos en el coche y recorriéramos distintos lugares de España, por lo que con ellos conocí nuestro país de cabo a rabo.

Lo habitual era que mi padre dijera que lo estábamos volviendo loco y que hiciera como que necesitaba ponerse tapones en los oídos mientras mi madre y yo cantábamos a pleno pulmón.

Eso era lo que nos hacía ver, cuando la realidad era que no podía estar más encantado con las dos mujeres de su vida, como él nos llamaba.

Yo había heredado el físico de mi madre, con su pelo rubio y la claridad de sus ojos.

—Eras tan blanquita cuando naciste que no dudamos en llamarte Clara—me comentaba ella a menudo.

En cuanto al carácter, el mío se parecía más al de mi padre. En principio, ambos podíamos parecer tímidos, pero eso solo ocurría mientras cogíamos carrerilla para dar nuestra verdadera cara, con una personalidad bastante más fuerte, aunque siempre aderezada con rasgos muy dulces.

No en vano, la dulzura sí era una nota que compartían mis padres y que me había hecho inmensamente feliz. Cualquiera que nos hubiera conocido, entendería lo súper dichosa que crecí al lado de ambos. Verlos tan enamorados y unidos, así como volcados en mí, fue el mayor regalo que pudieron hacerme en vida.

—¿Falta mucho? —les preguntó la peque.

—Pronto estaremos en el pueblo de Santa Claus—le respondió su madre y ella abrió tanto los ojitos que parecieron ocuparle media cara.

Intenté dormir un ratito y lo logré. Deseaba llegar descansada para sacar tajada de un viaje que tenía la sensación de que iba a cambiar mi vida.

Ya solo el hecho de emprenderlo en solitario indicaba que eran muchos los cambios que se estaban produciendo en mi persona.

Capítulo 3

Me di cuenta de que había acertado de pleno en mi destino nada más bajarme del avión…

Por cierto, que lo hice revestida como una cebolla. El gracioso gorro de lana que mi tía Marita me había tejido a mano días antes era el complemento estrella a una vestimenta invernal que incluía desde camiseta térmica, forro polar, guantes, leotardos, botas altas, anorak para temperaturas bajo cero y un sinfín más de detalles que hicieran entrar en calor a una friolera como yo.

Tenía que reconocer que, después de saber de mi nueva situación económica, decidí por una vez tirar la casa por la ventana. La noche antes de mi partida, anulé la reserva que tenía hecha (bastante más modesta) y me decanté por alojarme al comienzo de mi estancia en un precioso resort que gozaba de todo lujo de comodidades.

Perfectamente acondicionado, ofrecía al turista unas coquetas estancias que, en el caso del que yo elegí, eran magníficos iglús de cristal en los cuales cabía la posibilidad de contemplar a la perfección las auroras boreales.

La imagen era realmente mágica. Si mucho me gustó el paisaje desde el aeropuerto hasta el resort, más me enamoró este con aquellos increíbles iglús cuyo interior podía verse desde fuera. La blancura de su mobiliario me proporcionó una extraordinaria calma, y además estaba en consonancia con la de la nieve que rodeaba el resort al completo.

Me reí al pensar, eso sí, que menos mal que hasta allí no había llegado en pareja, porque los iglús no eran precisamente discretos. En cualquier caso, no conozco a ningún ser humano que no hubiera querido poner los pies en un lugar tan sencillamente mágico como aquel.

Si una idea saqué en claro viendo todo aquello era que, quien piense que las Navidades son solo para los niños, se equivoca por completo.

Me registré en el complejo, donde me llevé la sorpresa de que no solo me entendieron bien en mi cutrenglish, porque lo de los idiomas no era lo mío, sino que una de las chicas que estaba de cara al público era española.

—Tú eres de mi tierra—me dijo y me alegró sobremanera escuchar hablar castellano por aquellas latitudes.

—Ya te digo que sí, de Salamanca. ¿Y tú?

—Yo me llamo Celia y soy de Soria.

—No esperaba encontrar a ningún español trabajando en este hotel, no sabes la alegría que me das.

—Pues ya ves, soy una enamorada de esta tierra. Vine de vacaciones y al final me casé con un finlandés, ¿sabes?

—¿No me digas? Qué valiente, por lo de quedarte y por lo de casarte tan joven. —Calculé que aquella chica tendría poca más edad que yo.

—Bueno, lo segundo lo enmendé enseguida.

—No me digas, lo siento.

—No, pues no lo sientas. Lo tuve que enmendar porque fue un error de juventud, estaba más enamorada de la tierra que de aquel chico, me obnubilé un poco, tú sabes, cosas de tener poca cabeza.

—Claro, claro, y a él lo despachaste y sin embargo te quedaste aquí.

—Y no pude tomar una decisión mejor en mi vida, créeme que esta tierra me apasiona.

—Te creo, te creo…

Y tanto que la creía. Había que tener muchas agallas para vivir allí lejos de las raíces de una, en los confines del mundo, en un entorno en el que aquel impresionante frío representaba el pan nuestro de cada día. Que sí, que bonito era hasta decir basta, pero que tampoco debía ser nada fácil vivir en un lugar tan apartado y además sola.

La misma Celia, que terminaba su turno en ese momento, se ofreció a acompañarme por aquel exclusivo lugar. Era una auténtica pasada, si bien en él solo me iba a alojar un par de días porque, aunque ya he explicado que viajé con total holgura económica, tampoco quería tirar el dinero como si fuesen billetes del Monopoly.

Además, un par de días allí serían suficientes para disfrutar del entorno y prepararme para ver otros lugares de Laponia.

Celia me explicó que aquellas espectaculares cabañas transparentes se habían construido siguiendo con total fidelidad la arquitectura tradicional lapona. Lo mejor fue que, si fabulosas eran por dentro, su interior no desmerecía en absoluto.

Es más, aquellas habitaciones que se asentaban en el hielo haciendo ostentación de su cúpula de cristal estaban equipadas incluso con sauna privada, por lo que allí estaría como una reina.

No puedo explicar cómo me sentí horas después, una vez hube cenado y, abrigada con una buena manta, pude contemplar la aurora boreal mientras estaba de lo más calentita.

Por si alguien no está familiarizado con este fenómeno, quiero decir que es uno de los más alucinantes que la madre naturaleza nos puede ofrecer. De hecho, pensé que yo sería una de aquellas personas que se quedan enganchadas a ellas y jamás se cansan de mirar lo brillante de sus colores en el cielo.

Por suerte, en aquella noche clara, la aurora boreal apareció ante nuestros ojos espléndida como sola ella puede ser. Inspiradoras de artistas, científicos y de viajeros, las auroras boreales son únicas.

Aunque me habían explicado de antemano cómo eran, una no puede digerir toda aquella información hasta que no tiene por delante a unas auroras con colores, estructuras y formas diversas que son muy cambiantes con el paso de las horas.

Lo afirmo de buena tinta porque disfruté como una niña viendo aquella que comenzó como un arco aislado y alargado que parecía extenderse en el horizonte. Vi formarse ondas y estructuras prácticamente verticales ante mis ojos. Y entonces… Entonces la cosa dio un giro y el cielo al completo se llenó de bandas, rayos de luces y espirales que se movieron con rapidez de horizonte a horizonte. Y tan pronto llegaron como se marcharon, dejando un cielo estrellado sin actividad alguna que divisar en él.

Sin duda, fue el espectáculo natural más grandioso que había contemplado en mi vida y, si algo hubiera podido cambiar en aquel momento, sería el haberlo hecho en compañía.

Por la mañana me encontró de nuevo a Celia en la recepción del hotel.

—¿Qué tal la noche? Espero que no te quedaras frita y pudieras ver bien la aurora boreal—me dijo utilizando un tono de amiga que yo agradecía cantidad a tantos kilómetros de distancia de mi casa.

—No, no, eso hubiera sido para darme un hartón de palos. No veas si la disfruté, chica, qué flipe. Por cierto, ¿cómo es que has entrado a trabajar de nuevo?

—Porque le debía un favor a Alvar.

—¿A quién?

—A Alvar, es mi ex y, además, el hijo del dueño de este complejo. Ahora es él quien lo dirige.

—Pero ¿qué me estás contando? Me dijiste que te habías casado con un finlandés, pero no con uno ricachón.

—Ya, ya, pero que no soy una interesada ni nada que se le parezca, ¿eh? Que te conste…

—No, mujer, si yo no digo lo contrario… Lo que pasa es que me ha pillado de sorpresa.

—Ya, pues mira que yo no dudé en darle la patada, por mucho que estuvieran nadando en oro su familia y él, lo que pasa es que soy un poco puñetera.

—¿Y eso por qué?

—Porque me canso enseguida de los hombres, pero eso no quiere decir que este no fuera un partidazo.

—Ok, ok, pero vamos que te entiendo… Yo tampoco estaría con nadie porque fuera un partidazo, yo tengo que estar enamorada y si no, puerta.

—Si ese es el caso, que Alvar merece tela la pena. Es un tío estupendo y está bueno que te cagas, pero que a mí el gusanillo del comienzo se me pasa en un pis pas, no puedo remediarlo. Y ya quiero ir a otra cosa, mariposa.

—Y entonces, ¿por qué te casaste con él?

—Porque el pobre tenía tantos valores que pensé que con él sería distinto. Craso error, más de lo mismo…

—Pues sí que eres un caso, muchacha…

—Sí, sí, que tengo que reconocer que lo soy, qué se le va a hacer. Pero que nos llevamos fenomenal y eso, ¿eh? Cada vez que necesita un favor, ahí estoy yo, que luego me interesa coger mis buenos días de vacaciones para ir a España. Chica, todo no va a ser trabajar.

—Normal, de eso nada. O la vida tendría muy poco sentido.

—Poco o nada, que hay que doblar el lomo lo justo y necesario para vivir, ¿no piensas igual?

—Claro, mujer…

Quién me iba a decir que iba a encontrarme en Laponia con una chica tan pizpireta como aquella. Celia era de lo más graciosa y me contaba sus cosas como si me conociera de toda la vida.

En cierto modo, suponía que a ella le pasaría conmigo lo mismo que a mí con ella, que daba gusto encontrar a una compatriota tan lejos de casa.

—¿Qué tienes pensado hacer hoy? Mira que aquí no puedes dormirte en los laureles, ¿eh?

—No, no, sé que ofrecéis un montón de actividades y estaba pensando en que me recomendaras alguna.

—Pues mira, tal como está el día de precioso, yo de ti no dejaría escapar la oportunidad de dar un paseo en trineo con renos, ¿te hace?

—Si tú me lo recomiendas, seguro que debe estar bien.

—Eso sí, no te digo nada. Abre la maleta y ponte todo lo que se te ocurra de ropa. Luego, cuando ya consideres que tienes bastante, vuelve a abrirla y ponte el resto de la ropa que tengas. Y ya así, más o menos, estarás preparada para dar ese paseo.

Celia lo preparó todo y yo corrí a seguir sus recomendaciones. Cuando quise darme cuenta, ya no podía ni moverme. Era como un perchero andante y decidí que mi nueva amiga era todavía más exagerada que yo en lo tocante al frío.

Claro que luego salí y recordé lo que ya había pensado el día anterior, que allí hacía más frío que en el culo del pingüino, y que menos mal que yo llevaba ropa para parar el tren.

—¿Preparada? Mira que hoy vas a descubrir las tierras salvajes del Círculo Polar Ártico, ahí es nada—me preguntó Celia mientras me dejaba en manos de la persona que me llevaría a la granja de renos.

—¡Creo que sí! Después te cuento, llevo como un pellizquito en el estómago.

—Mujer, pero si vas a conocer a los ayudantes de Papá Noel, ¿qué puede pasar? Todo va a ser magnífico y emocionante, ya verás como estoy en lo cierto. Que no vas de agente secreto a una misión arriesgada, leñe.

Pero se ve que el destino no pensó lo mismo aquella mañana, de modo que en poco rato yo estaba de vuelta en el resort.

—¿No me digas que te has rajado? Por el amor de Dios, Clara, si lo del trineo no entraña ningún peligro.

—No, lo del trineo se ve que no, pero la leche que nos hemos dado el guía y yo en el coche ha sido de campeonato.

—¿Qué dices? La primera vez desde que trabajo aquí que ocurre algo así, no me lo puedo creer. Voy a ir a llamar a Alvar. ¿Estás bien?

—Sí, sí, todo ha quedado en un susto. Simplemente hemos patinado y nos hemos ido hacia la cuneta. El morro se lo hemos puesto un poco fino al coche, pero quitando eso, lo demás todo bien…

—Bueno, bueno, menos mal que no os ha pasado nada, ¿tú no serás gafe?

—Pues no, primera noticia que tengo.

No podía creerme que, después del susto que nos habíamos dado, el conductor y yo estuviéramos ilesos. El chaval se había portado fenomenal y me había atendido con mimo en todo momento.

Por suerte, porque después del accidente de mis padres, yo no quería ni imaginarme cómo podría reaccionar en un caso así. Y lo hice con relativa tranquilidad, lo cual me alegró porque me permitió comprobar que cada vez iba avanzando más y que estaba mejor.

Al final iba a ser verdad eso de que todo está en la mente y me había propuesto superar cuanto se había interpuesto entre mi felicidad y yo de un tiempo a esa parte.

Capítulo 4

Alvar no tardó en llegar. El chico, según me había indicado Celia, era más cumplido que un luto por lo que su cara de susto estaba justificada. Pero que el susto se dejara ver en su cara, no quería decir que no se apreciara lo guapísimo que era.

Altísimo y fuerte, rubio y con los ojos claros, como yo, su dentadura era como un muestrario de perlas y su rostro en general resultaba totalmente armonioso.

Además de eso, no podía ser más amable y con un fino sentido del humor que se hacía ver en cada uno de sus gestos.

—Tú debes ser Clara—me dijo mientras me tendía la mano en la recepción.

—Sí, y tú Alvar, no hacía falta que vinieras. Ya le he dicho a Celia que estoy perfectamente.

—¿Cómo no iba a venir? Es la primera vez que contamos con un percance de este tipo y nos ha venido a pasar justo contigo. ¿Puedo preguntarte de dónde eres?

—Por mi acento ya habrás visto que no nací en Londres—bromeé.

—No, supongo que no, pero que tu acento no es malo, ¿eh? En todo caso los que pueden ser malos son los oídos que no sepan interpretarlo.

—Diez puntos para ti, vas a lograr que me aplique más en mis clases de inglés a mi vuelta.

—¿Dónde volverás? Todavía no me has dicho de dónde eres.

—Soy española, ¿no se me nota?

—¿Española? Yo estuve casado con una española, bueno con Celia, creo que ya la conoces—entonó en castellano y me dejó boquiabierta.

—Sí, con Celia Terremoto, pero no imaginaba que supieras hablar castellano.

—Bueno, yo creo que uno tiene que hacer un esfuerzo por entenderse lo mejor posible con la persona con la que convive. Que ella hablara inglés no quiere decir que yo no me afanara por hablar un poquillo en castellano. De todos modos, no sé decir gran cosa, tampoco te creas—me contestó nuevamente en inglés, idioma en el que lógicamente estaba más suelto.

—Lo entiendo, lo entiendo.

Sin duda, era lo que decía Celia. Menudo encanto de chico su ex. Y bueno estaba hasta decir basta. Y encima modesto, que no se las había dado de nada ante mi sorpresa porque me hubiera hablado en castellano.

—Bien, vamos a lo que vamos, ¿cómo te encuentras?

—Perfectamente, no te preocupes.

—Yo me quedaría más tranquilo si te echara un vistazo un médico, tengo un amigo en el pueblo que estoy seguro de que nos podría echar una mano.

—Pero si no es necesario, ¿para qué te vas a molestar?

—No es ninguna molestia, molestias son las que te podamos haber causado a ti. Al menos estoy muy contento de que no te haya pasado nada.

Yo sí que estaba contenta de que no me hubiera pasado nada. Y encima ver a un tío bueno tan volcado en mí, como que suponía un plus.

Celia pasó por nuestro lado y se acercó también.

—Veo que ya has conocido a Alvar.

—Sí, que dice que me quiere llevar a un médico en el pueblo, pero yo no lo considero necesario.

—Huy, pues si está decidido, lo mejor será que lo dejes estar y lo acompañes, ¿o te he mencionado ya que es más besado que matar a un cochino a besos? —dijo mientras lo miraba y él le respondía con un mohín bromista de contrariedad.

—Creo que te ha entendido. —Me eché a reír.

—Puedes jurarlo, si este sabe más de lo que le han enseñado. Hablar, habla regular el español, pero entenderlo, hasta la última palabra.

Se veía que había un rollo excelente entre ellos y eso hablaba muy bien de ambos. Para mí, la opción más respetable una vez que el amor se esfuma es la de llevarse con cordialidad, en el caso de que no sea posible una buena amistad. Pero entre ellos parecía que sí había sido posible y ambos alardeaban de la buena onda que allí se respiraba.

—Entonces, ¿qué me aconsejas? —le pregunté con ganas de guasa.

—Pues que te vayas con él al pueblo. Y de paso, ya que estáis en camino, que te invite por ahí a almorzar, que ya verás cómo vas a quedar encantada.

—No me vayas a decir que aquí se come como en España porque me resulta difícil de creer, amiga.

—Eso no puedo decirlo porque sería sacrilegio, pero también te va a gustar la comida, ya lo verás. En cuanto a lo demás, me estaba refiriendo a que quedarás encantada aquí con el mozo, que es muy bien cicerone y podrá enseñarte cantidad de cosas por el camino.

Si no fuera porque me parecía surrealista, hubiera pensado que Celia estaba intentando meterme por los ojos a su ex, pero me parecía demasiado…

—¿Ves cómo deberías venir conmigo? —me preguntó él y yo pensé que en el fondo aquel era un planazo.

Nos despedimos de Celia y nos subimos en su coche.

—¿Tengo que besar el suelo como el papa o esta vez voy a llegar de una pieza? —le pregunté y él se echó a reír.

—Te prometo que vas a llegar perfecta, aunque perfecta ya eres—me dijo en un tono cariñoso que me llegó al alma.

—Eres muy amable y estoy segura de que te quedarás más tranquilo cuando tu amigo te diga que estoy genial, que no he sufrido ni una magulladura. Mira, mira. —Intenté remangarme, pero comprobé que era imposible, dada la cantidad de ropa que llevaba puesta.

—No he visto a nadie más abrigado en mi vida, ¿dónde vas con todo eso?

—Ni que lo digas, me parezco al muñeco Michelín, ¿a que sí?

—Un poco sí, la verdad…—Se echó a reír y arrancó el coche.

Aquel recorrido quedaría para siempre impreso en mi memoria, pues era uno de esos que te atrapan y que no quieres olvidar en la vida.

Las escenas invernales hacían de Laponia un lugar de cuento y, ni siquiera las bajísimas temperaturas reinantes, impedían a la gente disfrutar de estas.

No pude evitar que, mientras Alvar me hablara, mis dedos no pararan quietos, intentando captar lo máximo posible de aquel manto helado.

—¿Te gustaría recorrerlo en motonieve? —me preguntó Alvar.

—¿Cómo? No sé, no me lo he planteado nunca. Además, es que no me veo yo conduciendo una de esas, ¿sabes? Yo soy de bicicleta y poco más.

—No, no tendrías que conducirla tú, yo podría llevarte.

Y encima deportista, el chico lo tenía todo. Con lo que me ponía a mí un hombre intrépido que hiciera deporte…

—Bueno, no sé. En cualquier caso, es que yo me voy en dos días y no sé si nos daría tiempo.

—Por el tiempo no te preocupes, que de eso me encargo yo. Y dime, ¿Por qué te vas en un par de días?

—Hombre, porque si te digo la verdad, lo de alojarme en un iglú de cristal ha sido uno de los grandes caprichos de mi vida, pero que tampoco soy yo aquí rica, ¿tú sabes lo que cuestan por noche?

—Sí, una ligera idea tengo—me respondió entre risas y yo pensé que vaya pregunta la mía, cuando el precio precisamente lo habría fijado él.

—Ya, ya… Bueno pues eso.

—¿Y si te dijera que la casa invita? —me preguntó y me cogió totalmente por sorpresa.

—No te entiendo, explícate.

—Bueno, que digo yo que tendremos que compensarte de algún modo por las molestias sufridas, Clara.

—No, hombre que tampoco hace falta, ¿cómo va a ser eso?

—Que no lo hago por ti, ¿eh? Que lo hago por mí, que podría hacerme muchísimo daño que llegaras a España y nos pusieras en Internet un puñado de comentarios negativos; que si nos dedicamos a cargarnos a la gente en la carretera, que si…

El comentario, que en principio no tendría mayor importancia, me hizo un poco de pupa.

—¿He dicho algo que te haya molestado, Clara?

—No, no es eso. No te preocupes, es solo que precisamente mis padres murieron en un accidente de tráfico hace seis meses.

—¿Qué dices? No sabes cuánto lo siento, mi comentario no ha podido ser más desafortunado en ese caso.

—Qué va, hombre, ¿tú cómo ibas a saberlo?

—Lo siento, lo siento de verdad.

—Nada que sentir, lo único es que todavía me poco un poco triste con ciertos temas. Pero que no tiene ninguna relevancia, ¿eh? De hecho, te contaré un secreto; he venido aquí a Laponia para cambiar el chip por completo.

—¿Cómo? Entonces tenemos algo que celebrar. Te sugiero primero visita al médico y a renglón seguido, un buen almuerzo.

Bien se veía que Alvar estaba deseando que yo me sintiera bien. Incluso no voy a negar que me sentía de lo más halagada y que, en determinados momentos, me veía a mí misma viviendo un intenso asalto sexual con aquel finlandés que quitaba el hipo.

Al fin y al cabo, darle una alegría de vez en cuando al cuerpo debía ser casi una obligación. Y yo al mío como que no le daba ninguna desde hacía ya demasiado tiempo.

Llegamos a aquel pueblecito, que también era de cuento y allí buscamos la pintoresca casita de su amigo.

—Markus, te presento a mi amiga Clara, que se hospeda en mi complejo—le comentó mientras el otro chico me saludaba de lo más animado.

¿Su amiga? Yo me había informado antes de viajar hasta Laponia y la gente allí era súper abierta, pero aquello ya era rizar el rizo. Que el director del resort de lujo en el que me hospedaba me presentara como su amiga era más de lo que hubiera podido imaginar. Y si a eso añadimos que estaba deseando invitarme a almorzar en cuanto el otro chico me echara un vistazo, apaga y vámonos.

—Hola, Clara, ¿qué se te ofrece?

—Pues mira, Markus, hemos sufrido un accidente de coche esta mañana. Yo estaba un poco temerosa por montar en trineo de renos y el destino me ha enseñado que no hay que temer a las cosas… Vamos que lo mismo no llegas, y nos la hemos pegado en el coche.

—Vaya, pero ¿notas algo? ¿Quizás un latigazo cervical o alguna molestia?

—Nada de nada, yo he venido porque aquí tu amigo se ha empeñado, pero que estoy que puedo bailar una salsa sin problemas, te lo digo yo.

El gesto de Alvar fue un poema y, enarcando una cena, me tomó del brazo y dio conmigo dos o tres pasos de salsa, dejándome la mandíbula desencajada.

—Mira, qué arte, con la pinta de sosillos que tenéis, ¿tú no vas a parar de sorprenderme nunca?

—Huy, tú no sabes quién es mi amigo, menudo personaje. Este no para de sorprenderme ni a mí y nos conocemos desde que éramos dos micos.

Markus también parecía muy amable y, en lo tocante a los rasgos físicos, cortado por la misma tijera que Alvar, aunque con algún año menos. Por lo que yo estaba viendo allí parecían haber dado vida a una buena colección de muñecos. Normal, si partíamos de la base de que Santa Claus vivía a dos pasos.

—Túmbate, por favor—me indicó la camilla y procedió a explorarme.

—Siento decirte que tu amiga va a tenerse que quedar aquí más tiempo, no tengo claro el diagnóstico—le indicó a Alvar y este se quedó cariacontecido.

—¿No me digas? ¿Hay que llevarla al hospital o algo?

—Nada, nada, me la dejas aquí unos días y tú te esfumas—bromeó y Alvar, en broma, le dio tal puñetazo en el brazo que, si me lo da a mí, entonces sí que me tienen que ingresar. Pero claro, como Markus era otro mastodonte, ni se inmutó.

—Dios, qué susto y luego los del sentido del humor somos los españoles, ya me veía yo convaleciente durante todas mis vacaciones—me quejé.

—De eso nada, que ya sabes que tienes vacaciones pagadas, ¿estamos?

Capítulo 5

Camino del lugar en el que íbamos a almorzar pensé que no podía tener más suerte. ¿Cómo no aceptar aquella invitación a quedarme en el resort? De tener que pagar de mi bolsillo una factura como aquella, el dolor de estómago que me iba a entrar sería chico, pero si me lo ponían por delante…

Que vale que la noticia del seguro de los doscientos mil euros había engordado mi cuenta considerablemente, por lo que decidí viajar a Laponia a tutiplén, pero ello no incluía precisamente uno de los resorts más caros del lugar. Eso ya me parecía pasarme. Otra cosa sería que me saliera gratis.

En lo relativo al almuerzo, yo me había informado antes del viaje muy bien y sabía que restaurantes en Laponia los había en cantidad y también para todos los bolsillos, aunque poca duda tenía de que aquel al que me iba a llevar Alvar me dejaría a baba tendida.

Como yo esperaba, no se trataba de ninguno que estuviera cerca de un núcleo urbano, sino de una maravilla situada allá donde Cristo perdió la boina.

—Te voy a llevar a un sitio que mucho me temo que también te va a enamorar—me confesó antes de entrar.

—¿Y por qué temes eso, si es que puede saberse?

—Porque forma parte de un hotel y espero que no te escabullas del mío para irte a ese otro.

—¿Después de que me invites a almorzar? Creo que sería de lo más desconsiderado por mi parte.

—Eso mismo pienso yo, preciosa, pero nunca se sabe.

—¿Me estás llamando desconsiderada? Mira que eso no está bonito, ¿eh? —bromeé.

—No, yo solo digo que nunca se sabe—bromeó también mientras me señalaba otro de esos sitios que merece la pena ver.

Situado a la orilla de un lago maravilloso, aquel singular restaurante mostraba un estilo tan innovador como personal, ofreciendo unos espacios íntimos y privados que no podían resultar más cálidos y acogedores.

—Allí es donde vamos a almorzar nosotros, ya lo he reservado—me comentó y el rincón me enamoró a primera vista.

Un chef privado nos atendió, lo que me dio una idea de que aquel almuerzo iba a costarle al finlandés un ojo de la cara y parte del otro.

Nos pusieron por delante una carta en finés (uno de los dos idiomas oficiales del lugar junto al sueco) y rápidamente él indicó que, por favor, me entregasen otra en inglés, porque debí poner una cara como diciendo que aquello era poco más o menos que chino.

—Te aconsejo que pruebes la carne de reno. Es deliciosa—me sugirió.

—Y carísima también por lo que veo, ¿no?

—Por favor, hemos venido a disfrutar, disfrutemos—me dijo mientras, con sutileza, su mano rozó la mía por encima del mantel.

—Vale, ¿y cómo te parece que la pidamos? — Vi que había varias presentaciones y que nadie mejor que él para poder decirme cuál resultaba más exquisita.

—Sin duda, para mí la mejor manera de comerla es en el guiso tradicional.

Por lo que me contó a continuación, la gracia del plato consistía en cortar la carne en trocitos pequeños y sofreírla con mantequilla para salpimentar al final. Después se dejaba cocer con una pizca de agua hasta su completa reducción y ¡lista para tomar!

—Mira qué cocinillas me has salido, te gusta la cocina, ¿no?

—Me encanta, lo he heredado de mi madre que es cocinera.

—¿Tu madre es cocinera? Cuéntame.

—Sí, hace muchos años ella entró a trabajar para mi padre, que ya por entonces era dueño de otro resort que más tarde vendió. Se enamoraron, se casaron y fueron felices y comieron perdices.

—De manera que tu padre se casó con una de sus empleadas…

—Así es.

—Y luego tú repetiste la jugada con Celia…

—Exacto, con la diferencia de que nosotros no tuvimos el mismo final.

—No, veo que no comisteis perdices, pero sí que os lleváis divinamente.

—Sí, sí, Celia es muy buena persona y se ha convertido en mi mano derecha en el resort.

—Pero, ¿es que seguís…? —Me corté a tiempo porque me di cuenta de que me había metido de sopetón en camisa de once varas.

—¿Si seguimos liados? No, no, ni en broma. Cuando una relación se acaba, si quieres que todo quede bien con la otra persona, debes separar muy bien las cosas. Celia y yo hemos quedado como buenos amigos, pero ya está. Cada uno tiene su vida. Si incluso nos contamos lo que nos va surgiendo y demás, fíjate…—Él me contestó, aunque yo me hubiera parado en seco.

—¿No me digas?

—Sí, ella siempre me aconseja sobre el tipo de chica que debería buscar y tal… Y como me conoce muy bien, encima acierta siempre.

—¿No me digas? Qué brujilla, ¿y qué te aconseja exactamente?

—Pues que salga con chicas como tú, ni más ni menos.

—¡Anda mi madre! ¿Y cómo soy yo? —Me quedé asombrada porque vi que él no se andaba con chiquitas.

—Pues guapas por dentro y por fuera, así…

Obvio que yo tenía ojos en la cara y me había fijado en que físicamente hacíamos muy buena pareja, pero también me gustaba ver que tenía buen concepto de mi en lo personal.

—¿Y cómo soy yo por dentro? Si tú no me conoces…

—No hace falta más que mirarte para verlo. Ya te lo he dicho, tan bonita como por fuera, Clara.

Su forma de pronunciar el "Clara" me resultaba de lo más simpática. Bueno, qué tontería, todo en él era simpático…

Llegó el guiso de reno y, con él, el deleite para mis sentidos. Degusté aquella carne, que se deshacía en la boca de lo bien cocinada que estaba, con un aderezo de risas y bromas que hicieron de aquel almuerzo un verdadero acontecimiento.

—¿Lo estás pasando bien? —me peguntó en un momento dado.

—¿Me crees si te digo que hace mucho, mucho tiempo que no lo pasaba así?

—Supongo que desde que…—Ahí fue él quien se paró en seco, al darse cuenta de que igual comenzaba a pisar en terreno resbaladizo.

—Sí, puedes decirlo, no pasa nada. Justo desde entonces, desde que mis padres fallecieron.

—Entiendo, supongo que estarías muy unida a ellos.

—Sí, no sabes cuánto. Bueno, qué tontería, ¿cómo no lo vas a saber? Por la forma de la que hablas de los tuyos, supongo que te pasa igual.

—Sí, lo que ocurre es que ellos ahora viven a unos cientos de kilómetros. Se trasladaron allí cuando mi padre se jubiló.

—Se jubiló y te dejó a ti al frente del negocio, ¿no?

—Exacto.

—¿Es porque no tienes hermanos?

—No, no. Sí que tengo una hermana, Lumi, que significa nieve, por cierto…

—Anda, ¿y a esa bolita de nieve no le interesaban los negocios familiares?

—No, a ella le tira el arte. Y se fue a vivir nada más y nada menos que a Nueva York, donde trabaja en su pasión, en una galería de arte.

—Jolines, vosotros vivís en sitios feos, ¿eh? Tú en Laponia, Lumi en Nueva York.

—Sí, son dos lugares preciosos, aunque no podrían ser más opuestos, ¿no te parece?

—Hombre, eso desde luego, pero que ya me gustaría a mí visitar también la Gran Manzana, ¿eh?

—Pues eso tiene una solución fácil. En cuanto te apetezca, nos pillamos unos billetes de avión y ya estamos allí.

—Es broma, ¿no?

—¿Por qué es broma? —En ese momento su rostro no reflejaba nada que me hiciera pensar que lo era.

—Hombre, porque lo has dicho así tal cual, y me he quedado fría…

—Puedo decir que suban la temperatura si quieres—bromeó.

—No, no, no hace falta.

Honestamente he de decir que la temperatura la subía él por sí mismo. Estar allí con Alvar, en aquel ambiente tan íntimo, me estaba pasando factura en ese sentido. No sabía lo que me sucedía con aquel hombre porque yo normalmente no era así, pero conforme pasaban las horas notaba que mis mejillas tenían cada vez más calor y que no era la única parte de mi cuerpo a la que le ocurría lo mismo.

Dicho de otro modo, Alvar me ponía cantidad. Pero no era el típico guapo que me ponía y punto, sino que yo no tenía ganas de que el minutero avanzara.

—Pues lo dicho, cuando quieras no tienes más que decírmelo.

Ea, y se quedaba tan pancho… Cómo eran los ricachones, horas antes no me conocía y ya me estaba invitando a visitar Nueva York, vivir para ver.

—Ok, ok—murmuré, pues no sabía ni qué contestar.

—¿Quieres comer alguna cosita más? Aquí ponen también un salmón que…

—Lo estás diciendo de broma, ¿no?

Para mí que, de lo pesada que estaba, me había comido el reno entero con la cornamenta incluida.

—No, te lo decía en serio, pero que, si no, pasamos a los postres.

La verdad es que con él sí que hubiera pasado yo a los postres. En concreto, me lo hubiera zampado allí enterito. Aguantando la risa para que no se me notara lo picante de mi pensamiento, le contesté por qué opción me daba.

—El pan de queso, que, como decís los españoles, está "para chuparse los dedos". —Eso último lo pronunció en castellano y yo le sonreí.

Para chuparse los dedos estaba él, que era un dulcecito. Como soñar era gratis, ya me había imaginado con Alvar de la mano, cruzando la Gran Manzana.

Lógicamente eso no era más que un sueño, pero la realidad sí marcaba que yo, que hasta hacía unos días estaba en casa de la señora Lola sirviendo pan y pasteles en el pueblo, me encontraba ahora en un escenario mágico con el hombre más interesante que había conocido en mi vida, proponiéndome diversos planes en Laponia, invitándome a quedarme en su resort hasta el final de mi estancia y, para colmo, a visitar Nueva York de su mano.

Su sugerencia del pan de queso no pudo ser mejor tampoco.

—Tiene un tacto un poco...—dejé caer mientras lo degustaba.

—Como si fuera de plástico, ¿verdad?

—Sí, pero el acompañamiento es fabuloso—le indiqué dada su salsa de nata y canela acompañado de una mora ártica que Alvar me indicó que se llamaba *camemoro*.

Después de eso, pedimos un té cuyo sabor me resultó poco menos que excelente. Nos lo trajeron en una preciosa tetera y él mismo se encargó de servírmelo.

—Guau, está delicioso, gracias. —Fue paladearlo y comprobarlo.

—Sé que en España sois más de café, pero es cierto que a nosotros nos pierde el té.

—¿Has estado alguna vez en España? —le pregunté.

—Sí, fuimos varias veces a ver a la familia de Celia y ya aprovechamos para hacer un tour por allí. ¿Tú de dónde eres?

—De Salamanca, cerca de Soria, de donde es ella.

—Ah, Salamanca, preciosa la Plaza Mayor—me indicó y me dejó nuevamente fría, cosa que tampoco era difícil en Laponia, por hacer el chiste.

—¿La conoces?

—Sí, estuvimos allí y me pareció magnífica. Me tienes que invitar, ¿eh? Uno siempre tiene que regresar a los lugares donde fue feliz.

Me pareció una frase muy simple, pero muy tierna también. Nunca me lo había planteado, pero tenía toda la razón del mundo y le sobraba. Por unos momentos me imaginé allí con él, en tan preciosa plaza, con el bullicio de la gente y con un delicioso café en la mano. Y fui feliz.

Sí, en las últimas horas, Alvar había logrado que me sintiese más feliz que hacía mucho, mucho tiempo.

Por el amplio ventanal, miré al cielo e imaginé a mi madre con aquella luminosa sonrisa dándome el visto bueno para que me abriera a la vida. También me acordé de mi padre y de lo mucho que bromeaba sobre las características que debía tener el chico que quisiera estar conmigo.

Siempre hacíamos los mismos comentarios al respecto.

—Papá, con ese listado no va a haber ni uno que te sirva, ¿no te parece?

—Puede ser, hija, pero es que a ti que no se te acerque ningún mequetrefe, porque lío la de Troya, ¿me entiendes?

Capítulo 6

El siguiente día volvió a amanecer radiante. Celia me deseó una bonita mañana, mientras me daba también algo de palique.

—Cuenta, amiga, que parece que te ha comido la lengua el gato, ¿dónde te llevó ayer el galán?

—Es que fíjate cómo son las cosas porque, aunque sé que ya entre vosotros no hay nada, me da cierto corte contarte.

—¿Tú eres boba? Si yo lo que quiero es lo mejor para ese grandullón. Y créeme que, conociéndolo, lo mejor para él es tener pareja. Alvar no sabe estar solo.

—¿Estás loca? ¿Qué dices de pareja? Si yo he venido a Laponia para unos días. En cuanto pasen debo irme para España echando mistos, que tengo que buscar curro de lo mío.

—¿Y qué es lo tuyo?

—Soy socióloga, terminé la carrera hace unos meses y no puedo estar sin pegar palo al agua, que ya luego los conocimientos se oxidan.

—Ya, ya, bueno, pero que cosas más raras se han visto, que yo también vine de vacaciones y mira, al final me jubilo en Laponia.

—Pero eso es porque tú eres una echada para delante, no hace falta más que verte.

—¿Y acaso tú eres una rajada de la vida?

—No, mujer, pero yo estoy más entre Pinto y Valdemoro, tú sabes…

—Qué alegría me da escuchar nuestras frases hechas. Aquí apenas tengo ocasión de hablar en castellano más que algunas cosillas con Alvar. Algunas veces pienso que hasta se me va a olvidar. —Rio.

—No, hay cosas que nunca se olvidan, amiga.

Así sentía a Celia a pocas horas de haberla conocido. Y también a Alvar. Quizás fuera una especie de mecanismo de defensa por mi parte. A falta de mis padres, ahora necesitaba afecto por doquier y, en aquellos dos personajes tan dispares parecía haberlo encontrado. Y muy lejos de mi casa…

No podía estar más contenta, porque si de algo no me cabía duda era de que ellos harían mi estancia mucho más agradable de lo que yo pudiera haber pensado a priori.

No podía sentirme más agradecida a la vida, a ellos y a todo aquello que hubiera hecho posible aquel viaje, por lo que me acordé de mi tía Marita y le envié un buen puñado de fotos para que viera que lo estaba pasando realmente mal, irónicamente hablando.

Estaba todavía dándole a la lengua con Celia cuando apareció por allí Alvar.

—Buenos días, Clara, ¿preparada para tu paseo en motonieve?

—¿Cómo? Pero si no habíamos concretado nada.

—Ni falta que hace, ¿no estás de vacaciones? Pues ya puedes disfrutar a lo lindo de los planes que te vayan saliendo, tontuela. No te vas a arrepentir de hacerlo, es otra de las grandes experiencias que debes vivir en Laponia.

—No sé…

—A no ser que te encuentres mal, ¿notas alguna molestia después de haber dormido? —se interesó Alvar mientras me tocaba el cuello.

—Ninguna, ninguna en absoluto, no te preocupes. —Me sentí un tanto cortada por si en mi rostro se reflejaba el escalofrío que me produjo que me pusiera la mano sobre el cuello.

—Pues entonces no hay ningún motivo para que no vayas, mujer—insistió Celia y yo comprobé que ella estaba encantada de verdad como decía en que yo compartiera tiempo con su ex.

Y claro, a nadie le amarga un dulce y en concreto, a mí aquel dulce no era solo que no me amargara, sino que hacía que mi existencia fuera más deliciosa por momentos.

Lo que yo ignoraba todavía a aquellas alturas era el subidón de adrenalina que iba a suponer para mí aquel paseo.

Por lo que me contó Celia cuando aparecí vestida con el completo equipo que me proporcionó Alvar, aquella, la de recorrer los nevados mantos de Laponia en moto de nieve, era una de las actividades más divertidas que podían realizarse por aquellos lares.

El caso es que la falta de luz se hacía notar especialmente en un día en el que las bajas temperaturas amenazaban con descender todavía más.

—¿Y no sería mejor que nos quedáramos frente al fuego con una buena copa de vino tinto en la mano? —le pregunté a Alvar mientras salíamos.

—Mala idea no es, desde luego, pero ya verás cómo te va a apasionar el paseo.

Subida en la motonieve con Alvar tomé conciencia de que aquel iba a ser un día apasionante. Mientras surcábamos aquellos blancos y gélidos parajes, vimos a muchos turistas dispuestos a recorrerlos con sus raquetas de nieve en los pies. Otros muchos se preparaban para, en coche, dirigirse a alguna pista en la que practicar esquí alpino.

—Aquí no se aburre uno—le comenté a Alvar.

—Qué va, aquí hay actividades para dar y regalar, las rutas en trineo (aunque de esas no sé si hablarte), pescar en hielo, patinar en lagos helados…

—Patinar en lagos helados, suena genial.

—¿Te gusta patinar?

—Me encanta, pero así en lugares helados solo lo he hecho en pequeños recintos de esos que ponen en Navidades en algunos sitios de España.

—Suficiente, con eso estarás preparada. Apúntate a patinar…

—Y a lo de los trineos tampoco te voy a decir que no. No creo que el rayo vaya a caer dos veces en el mismo lugar, ¿eh?

—Ni yo tampoco, bonita.

La familiaridad con la que ya se dirigía a mí era un hecho. Alvar era puro cariño hablando y yo estaba de lo más a gusto con él.

Recorrer aquellos parajes en su compañía supuso para ti toda una aventura… Una aventura a la que le vinieron genial mis tres capas de abrigo que complementaba con gorro, guantes y botas que abrigaban a tope mis pies.

Aun así, el frío se dejaba sentir, pero entonces yo aprovechaba para acercarme más y más a Alvar, cosa que notaba que también era de su agrado.

Mientras íbamos recorriendo aquellas decenas de kilómetros blancos, eran muchas las personas que realizaban la misma actividad, atraídas por lo atractivo que resultaba aquel deporte de invierno.

—¿Quieres intentarlo tú? —me preguntó en un momento dado Alvar y negué taxativamente con la cabeza.

—¿Estás loco? Ni en broma me atrevo. Ya te expliqué que mi experiencia con las motos es nula.

—¿Y qué experiencia quieres tener? No hace ninguna falta, con tal de tener el carné de conducir de tu país, ya es suficiente.

—¿En serio me lo dices? Mira que me da un poco de reparo, no sé yo…—Cambié el tercio porque, inevitablemente, Alvar me estaba metiendo el gusanillo en el cuerpo.

—Venga, no lo pienses más, que es muy fácil y te va a encantar.

—No lo tengo yo tan claro, pero sí que me apetece intentarlo.

—Pues entonces ni te lo pienses, ponte manos a la obra y ya.

Ambos nos bajamos de la motonieve para intercambiarnos los papeles.

—¿De verdad te vas a quedar de copiloto? Mira que yo puedo tener mucho peligro.

—¿Te refieres a conduciendo o…? —Me hizo muchísima gracia el guiño de ojos que siguió a sus palabras.

—Pues claro que me refiero a conduciendo, hombre, faltaría más… En lo otro, prefiero ni pensar…—Hizo un gesto gracioso que casi me desestabiliza en la moto de la risa.

—Venga, venga, que tenemos faena. Debo demostrarte lo máquina que soy al mando de este trasto.

—Eso no lo dudo y además te sienta sensacional, te voy a hacer unas fotos de lujo, bonita.

Alvar cogió su móvil y yo comencé a posar como piloto.

—¿Sabes? Eres el piloto más sexy que he visto en mi vida.

—Ya te digo yo que sí—le respondí con otro gesto burlón mientras me hacía el que parecía ser un auténtico reportaje de fotos.

A continuación, comenzó a darme las indicaciones pertinentes para poder poner la motonieve en marcha. Alvar se veía muy paciente y pensé que eso le iba a venir muy bien conmigo, pues no las tenía todas conmigo de cómo pudiera hacerme con aquella bestia.

Tras unos minutos en los que permanecía totalmente atenta a sus indicaciones, nos echamos a andar.

—No pares, Clara, que lo estás haciendo muy bien—me indicó cuando un tanto desesperada, comprobé que yo iba más lenta que el caballo del cojo y que no me iba a ser fácil seguir el ritmo del resto de las motos.

—Es que todos nos están adelantando—me quejé.

—¿Y se puede saber qué prisa tienes tú? Porque hasta donde yo sé no nos está esperando nadie.

—No, hombre, eso no, pero que yo soy un poco competitiva y me da coraje ir tan lenta.

No pude evitar sonreír al recordar lo que me hubiera dicho mi padre en una ocasión así. *"Pues nada, si te da coraje, coge un burro y echa un viaje..."* Esas hubieran sido sus palabras. Por otro lado, a él le encantaban las motos y hubiera flipado viendo a su hija manejar una, aunque fuese de nieve.

—Lo estás haciendo muy bien, pequeña, créeme.

—Me lo dices por decir, pero anda que no soy mala con esto.

—Que no eres mala, pero que nadie nace sabiendo mujer. Tú lo único que tienes que hacer es controlar el acelerador y, a partir de ahí, todo irá como la seda.

—No me quedo con el cante, me lo vas a tener que repetir otra vez, qué vergüenza.

—¿Vergüenza por qué? Oye me estoy dando cuenta de que eres muy exigente contigo misma, eso no puede ser, ¿eh?

—Un poquillo sí que lo soy, bueno conmigo mismo y con los demás.

—O sea que me vas a poner el listón muy alto.

—El listón, ¿para qué?

—Para nada, para nada… Yo me entiendo.

Yo también lo estaba entendiendo, que no era tonta, y el revolotear de las mariposas en mi corazón no podía ser más intenso.

—Con el dedo pulgar de la mano derecha, Clara, recuerda que tienes que accionar así el acelerador.

—Pero es que es muy sensible, se me va la mano.

—Es la pega que tienen la mayoría de las motos, pero ya verás que enseguida te haces a ello.

—¿Y ya con eso me basta?

—Hombre, mujer, solo con eso no. Obviamente, hay que saber frenar…

—Ay, Dios, ya se me ha olvidado lo que me dijiste de los frenos…—Mis nervios no paraban de crecer.

—Tranqui que el motor es automático, solo tienes que soltar gas…

—¿Soltar gas? Mira que eso me resulta de lo más peliculero, ¿eh?

—No, mujer, que esto no es "A todo gas" ni nada parecido. De hecho, lo único que tienes que hacer es frenar para que el mismo motor ayude a la retención.

—Eso es muy fácil de decir, pero más difícil de hacer, guapito de cara…

—Que no, mujer, que es fácil. Suelta el acelerador y aprieta la maneta de freno.

—¿La maneta de freno? Ay, la virgen, si ya no me acuerdo de dónde me dijiste que estaba.

—En el lado izquierdo del manillar, bonita…

—¿Y con qué mano la tengo que accionar?

—Con la izquierda, con la izquierda… Clara, por Dios, el árbol…

Lo esquivé a un centímetro de distancia.

—No me mires así, Alvar, que yo también me he asustado—le comenté como en un chiste muy saleroso que yo siempre contaba.

—No, yo no es que me haya asustado… A mí es que los huevos se me han puesto de corbata. —Se echó mano al gaznate y yo me partí de risa, por lo que tuve que parar la motonieve.

Avanzar no es que avanzáramos mucho, pero reírnos… Ese era otro cantar, reírnos nos reímos hasta doblarnos.

Unas horas después volvimos, ya con Alvar conduciendo, si bien yo finalmente también logré hacer mis pinitos sobre la motonieve.

—No hagas planes para esta noche—me indicó antes de que nos despidiéramos.

Sus palabras me dieron un tremendo subidón, aunque, por otra parte, no sabía yo con quién leches iba a hacer planes allí, cerquita del fin del mundo.

—¿Esta es tu casa? —le pregunté a Alvar cuando a media tarde pasó a recogerme y me llevó a un iglú apartado del resto, de un tamaño considerablemente mayor y que se veía cien por cien personalizado.

—Bueno, digamos que no es mi casa, pero que hace las veces de esta mientras estoy trabajando.

—Madre del amor hermoso, no he visto una cosa más bonita en mi vida.

—Ah, ¿no? Pues yo tengo ahora justo delante otra bastante más bonita.

Tragué saliva ruidosamente, pues su cara estaba sospechosamente cerca de la mía en el momento de murmurar aquellas palabras.

—¿Eres tú de niño? —Me acerqué a una serie de fotografías que, en sepia, estaban sobre un aparador.

—Sí, con mi hermana y con mis padres, en el otro complejo hotelero, vivimos allí durante mi infancia.

—¿Y cómo es vivir en un hotel? No me lo imagino.

—Bueno, teníamos nuestras dependencias privadas, por supuesto, pero aun así era una experiencia distinta. Por eso yo, ahora de mayor, he querido separar un poco más mi vida del trabajo y tengo mi casa en una ciudad cercana.

—Pues como sea la mitad de bonita que esta debe ser de revista de decoración tu casa.

—No sé cuál es más bonita, solo sé que aquella es mi refugio. Es distinto…

—Lo que pasa es que no creo que puedas tener estas vistas, claro.

—No, eso no.

Aquel enorme iglú de cristal era otra historia, no se me ocurría ningún otro sitio en la tierra en el que poder estar mejor esa noche.

—¿Viste la aurora boreal ya?

—Sí, la primera noche que llegué. Anoche estuvo más complicado y entre eso y que estaba molida como una caballa del palizón de todo el día, pues me quedé frita en nada.

—Normal, pero esta noche tiene toda la pinta de que la vamos a ver estupendamente. Tengo mantitas preparadas, un vino tinto e incluso…

No tenía una chimenea como tal en la pared, pero sí una portátil que me acercó, con su propia leña y todo.

—Esto es la leche, no me puedo creer… Es por lo que yo dije.

—Por supuesto, ya te he dicho que tenemos que afanarnos en que lo pases de miedo aquí, no vaya a ser que nos pongas a parir en Internet y nos desmontes el chiringuito. —Volvió a guiñarme el ojo provocando que se me cerrara el estómago.

En eso estaba yo pensando, en acabar con su negocio. Más bien en lo que pensaba era en que allí la tensión sexual se podía cortar con un cuchillo. Claro que era mucho más que sexo lo que allí se respiraba, pues el aroma a sintonía provenía de todos los rincones del iglú.

Pronto sonó la puerta y apenas pude dar crédito ante tan opípara cena, cuyo plato principal era un salmón a la llama que olía que alimentaba.

—Pero bueno, si llego a saber esto no hubiera probado bocado en todo el día—le dije ante la perspectiva de la cantidad de entrantes que lo acompañaban y que le hacían sombra al exquisito postre a base de pastel con pasas y almendras laminadas.

—Nada, nada, de esto no pueden quedar ni las migas, así que tú verás.

Yo lo único que veía era que, como aquello siguiera así, iba a llegar a España rodando, pues en Laponia estaba descubriendo una gastronomía que me volvía loca.

Después de tan contundente cena y, mantita en mano, ambos nos sentamos en el amplio sofá con *chaise longue*.

—Yo no quiero ser malo, pero creo que estarías mucho mejor tumbada—me comentó con cara de pillo.

—Ya lo sé, pero lo que ignoro es si será conveniente que lo haga o no.

—¿Tumbarte? Creo que solo podrías salir ganando, pero no soy yo quien tiene que decidirlo.

Lo miré y pensé que nada me apetecía más en el mundo que tumbarme en su sofá y, por ende, en su regazo. En muy pocas horas, Alvar había pasado de ser un completo desconocido para mí a convertirse en una compañía de la que no me apetecía prescindir en absoluto.

—Bueno, pero solo un poquito—le dije, mientras el calor se adueñaba del iglú, y no solo porque él hubiera encendido la chimenea.

En tan buena compañía, ahuecada en su pecho y con aquella confortable mantita por encima, nos dispusimos a esperar la llegada de la aurora boreal. No hice más que levantar el mentón para intentar divisarla, cuando comprobé que aquella iba a convertirse en una misión imposible. Me refiero a verla sin responder a la tentación de sus besos…

Y es que Alvar besó mi cuello y, poco a poco, fue subiendo hasta quedar en la comisura de mis labios. Antes de depositar en ellos un urgente beso, me pidió permiso y mis ojos se lo dieron.

Fundir nuestros labios supuso para mí un espectáculo digno de competir con el que habíamos ido a ver en aquel iglú.

—Eres muy especial, Clara, muy, muy especial—murmuró en mi oído.

—Creo que me estás confundiendo con otra—bromeé en el suyo.

—No podría confundirte así hubiera un millón más de mujeres a tu alrededor.

—Quita, quita, que tanta gente aquí no cabe—bromeé.

—No le restes importancia a lo que te estoy diciendo, no sé qué me has dado, pero desde ayer no puedo dejar de pensar en ti.

—¿Yo? No te he dado absolutamente nada, ¿eh? ¡A mí que me registren! —Levanté los brazos y, tonta de mí, porque él aprovechó para hacerme todas las cosquillas del mundo y algunas más.

—Sabes muy bien a lo que me refiero…

—Mira, mira, la aurora boreal—interrumpí sus palabras.

—Tú hazte la tonta, pero no quiero que te vayas esta noche.

—¿No es increíblemente bonita? —Me hice la sorda mientras todo mi cuerpo se estremecía al mismo tiempo y seguí mirando al infinito.

—Ni la mitad que tú, mi niña, ni la mitad que tú.

<h1 style="text-align:center">Capítulo 8</h1>

Amanecer en un iglú de cristal hubiera sido mi sueño de niña. Y ahora que lo estaba disfrutando en la mejor compañía, se convertía también en mi sueño de adulta.

Nos despertamos en la misma posición en la que nos dormimos, besándonos en el sofá… Pese a que aquellos besos lanzaban unas llamas que bien debían ser sofocadas, no pasamos de ahí. Y no por falta de ganas, sino porque ninguno de los dos queríamos precipitarnos.

Besarnos y permanecer acurrucados todas aquellas horas fueron suficiente para darnos cuenta de que algo se estaba creando entre nosotros.

—Hoy tampoco me apetece trabajar—me confesó mientras me preparaba un té calentito.

—Huy, huy, menos mal que eres el jefe y por ahí te vas a librar, porque de no ser así te pondrían de patitas en la cama en un santiamén, lo sabes, ¿no?

—Bien me guardaría, siempre he sido muy responsable con mi trabajo.

—No sé yo que decirte, ¿eh? Que te veo con muchas ganas de juerga.

—Te confesaré algo; hace un tiempo que no me tomo vacaciones y me parece que ha llegado el momento de descansar unos días.

—Y la llegada de ese momento no tendrá nada que ver conmigo, ¿no?

Me encantaba escuchar que sí, que no quería trabajar porque lo que le apetecía era estar conmigo para arriba y para abajo.

—Nada, no tiene nada que ver contigo, fea.

En esas estábamos cuando llamaron a la puerta.

—¿Esperas a alguien? —le pregunté.

—A nadie, ¿y tú? —Anda que no tenía guasa ni nada. A mi prima Juanita la del Puerto iba a estar esperando yo en Laponia.

—Lo mismo sí, mira quién es. —Volteé los ojos.

—Hola, Celia, ¿qué haces aquí?

Reconozco que un pellizquito en el estómago sí que sentí de que ella nos viera de aquella guisa.

Incluso, yendo un poquillo más allá, de que pudiera entrar como Pedro por su casa por el iglú de su ex.

—Perdona, Alvar, sabes que no suelo acercarme hasta aquí, pero es que hay una urgencia en la recepción.

Sus palabras me tranquilizaron, pues entendí que no era algo habitual, sino fruto de un imprevisto.

—Nada que perdonar, Celia, entra por favor…

—No quisiera, mira que no me apetece interrumpir nada.

—Tranquila que no interrumpes—le comenté mientras me levantaba a saludarla.

—Eso espero, mira que ya me imaginaba yo que estarías aquí. Y te voy a decir una cosa, esto no es habitual en este personajete, aquí no trae a nadie y menos a una cliente.

Cinco puntos para Celia que había captado a la perfección que la situación me resultara un poco chocante y quiso quitarle todo el hierro del mundo.

—Bueno, digamos que esto de ver la aurora boreal engancha—le comenté mientras hacía una mueca burlona.

—Pues ten cuidado, que este que está aquí también engancha lo suyo. —Señaló a Alvar.

—Bueno, bueno, pero no creo que la urgencia consista en contarle a Clara mis intimidades, ¿o me equivoco?

—No, no te equivocas, no vayas a pensarte que eres el ombligo del mundo, jodido. Es un señor, que dice que una camarera de piso se le ha tirado en los brazos, así como suena.

—¿Que una camarera se le ha tirado en los brazos? Es lo que me quedaba por escuchar, mira que a lo largo de los años he visto cosas raras con el personal, pero esta se lleva la palma. El tío es un Robert Redford, ¿o qué?

—Mira, no me hagas hablar, que encima es más feo que Picio, como decimos los españoles.

—Celia, aguanta el fuego como puedas, que ahora mismo me acerco.

Según ella se fue, Alvar se puso como un pincel para acercarse a la recepción.

—Lo estás viendo, ¿no? Necesito unas vacaciones…

—Sí que lo veo, las necesitas como el comer muchacho, aquí pones un circo y los enanos se te convierten en gigantes.

Yo no me perdía aquello, por lo que salí al galope tras él en dirección a la recepción.

Llegamos y vimos que el chiflado en cuestión debía rondar los sesenta años y feo era hasta no poder más, daba molestias en los ojos. Y su presunta asaltante, rondaba mi edad y era un bombón.

—¿Alguien me puede explicar lo que está ocurriendo aquí? —Alvar les dio la palabra para intentar "esclarecer" lo que de por sí estaba más claro que el agua; que el tío era un zumbado.

—¿Es usted el director? Pues mire…

Celia y yo nos reímos porque, nada más abrir la boca y escuchar su inglés, mucho peor todavía que el mío, supimos que también era español. Jolines vaya casualidad que nos habíamos ido a reunir allí en aquellos días un buen puñado de compatriotas. Aunque este último amenazaba con dar bastante que hablar…

—Sí, soy el director y le pido por favor que se explique.

—Pues nada, que debería usted advertir a su personal de que se corte.

—Explíquese mejor, porque me temo que aquí ha habido un malentendido y grande.

—De malentendido nada, que esta señorita tiene las manos muy largas y me ha querido meter mano.

—Pero Alvar, ¿usted está escuchando lo que me está diciendo? Yo no sé lo que hacer, esto es para volverse loca—alegó la chica.

Alvar, entendiendo de sobra que aquella era la invención de un chiflado de esos de libro, le restó importancia con un gesto, como diciéndole que sería mejor dejarlo pasar.

—Caballero, usted ha malinterpretado algún gesto de la señorita que, sin lugar a ninguna duda, no ha pretendido ofenderle ni mucho menos abusar de usted.

—¿Cómo que no ha querido abusar de mí? Usted no lo ha visto, han sido mis ojos los únicos testigos....

Encima el hombre llevaba unos cristales en las gafas que indicaban una graduación monumental.

—Pues entonces estamos apañados—resoplé yo y, para cuando vine a darme cuenta de que lo había dicho en alto, ya todos estaban partidos de risa. Bueno, todos salvo el hombre que encima se llamaba Robustiano, como la gata de las sevillanas en la que estaban hablando de amor.

—¿Se están ustedes riendo de mí? Miren que voy a marcharme y encima sin pagar la cuenta.

—No, no, me temo que sin eso no. Si usted lo pretende me veré obligado a llamar a la policía—le advirtió Alvar.

—Pues esa es la que tiene que venir, la policía, y llevarse esposada a esta señorita, que vale que uno es una perita en dulce, pero también tiene derecho a poder viajar por el mundo sin que lo asalten sexualmente.

—¿Asaltarlo sexualmente? —intervino la chica que debió pensar que su paciencia tenía un límite y que el tontajo aquel lo acababa de sobrepasar—. Mire, que una está callada prudentemente, ¿eh? Pero que yo no lo tocaba a usted ni con un palo.

—No, si la niñata esta va a negar ahora que yo le gusto y todo, lo hay que escuchar.

—Eso digo yo, lo que hay que escuchar— comenté yo en alto adrede con lágrimas en los ojos de la risa y Celia no tardó en seguirme.

—Oiga, no le consiento que ofenda usted a ningún miembro de mi personal—Alvar se puso en su sitio y a mí sí que me puso verlo así.

—Yo no he ofendido a nadie y soy yo quien voy a llamar a la policía. Yo no he venido a Laponia para tener que darles a las mujeres de aquí lo que es obvio que ustedes no les dan, porque si no estarían más tranquilitas y sin ganas de darle un meneo a nadie.

—Huy, huy, que equivocación tiene este hombre…—Celia me miró a mí y miró a Alvar y hasta a él le costó contener la risa, por muy metido en su papel de director que estuviera.

—Pues llame usted cuando quiera, que yo voy a hacer lo mismo.

—Eso, eso y que gane el mejor—apostillé y Alvar me hizo señales de que me callara, pues le estaba costando la misma vida mantener el tipo y no echarse a reír.

Quince minutos después, que se nos hicieron eternos, llegaron los agentes de policía. Y cuando vieron el percal del presunto asalto sexual por parte de la muchacha, tuvieron que hacer malabares para no tirarse al suelo a reírse también.

—Por la gloria de mi abuelo que yo no había escuchado nada más divertido en mi vida—decía Celia mientras se lo llevaban esposado.

Sí, esposado porque el muy cafre no solo nos increpó a nosotros, sino que también increpó a la policía diciéndoles que la cara se les tenía que caer de vergüenza de no hacer bien su trabajo.

—Ahora sí que te has ganado unas vacaciones— le comenté a Alvar cuando perdimos de vista al coche patrulla.

—¿Unas vacaciones dices que te vas a coger? Lo que te has ganado ha sido el cielo, Alvarito. —Celia no salía de su asombro y seguía muerta de la risa.

Capítulo 9

Si graciosa era ella, no menos lo era Alvar imitando al ridículo aquel…

—Ya, por lo que más quieras, que me duelen hasta las costillas de reírme—le comenté al locuelo aquel.

—Si es que es lo más grande, ¿tú has visto algo así en tu vida?

—Esto ha sido el efecto de la aurora boreal, que lo ha dejado hipnotizado.

—Eso será, porque mira que yo he tratado con gente rara, con excéntricos y con tarados en estos años, pero como este ninguno.

Alvar estaba terminando de recoger unos documentos en la recepción cuando me sonó un wasap de mi tía.

Aproveché para contarle lo que acabábamos de vivir y ella me decía que ya no ponía los pies en

Laponia, que bastantes locos había en España como para encontrarse con alguno más.

Lo mejor vino cuando le dije que el tío se llamaba Robustiano y que era español.

—Por el amor de Dios, hija, ¿tú dónde estás? Si eso más que un resort de lujo parece un manicomio.

—No te imaginas, tita, esto es lo más bonito y a la vez más divertido que me he podido encontrar.

—Ya lo veo, ya… En fin, que más corre el galgo que el mastín, cariño, pero que tengas cuidadito que por ahí parece que las aguas están muy revueltas. Y no lo digo solo por los locos, tú ya me entiendes.

Sí que la entendía, sí. Mi tía estaba bastante sorprendida de que yo hubiese aceptado el ofrecimiento de Alvar de quedarme y le preocupaba un poco que efectivamente me quedara, pero enganchada de él, claro.

Por mi parte, vivía el día a día y no quería ni pensar en lo que me depararía el futuro.

—Y tú, Henna, corazón, haz el favor de contenerte. Que vale que el hombre estaba de muy buen ver, pero no has debido saltarle así encima—se burlaba la cachonda de Celia de su compañera, mientras la otra se echaba las manos a la cabeza.

—Pues sí que estáis aquí distraídas, al final os voy a envidiar el puesto, Celia.

—Si ya te lo he dicho yo, que tú te debáis de quedar aquí con nosotras. Mira, otra ventaja que no te he dicho, con el frío que hace en este sitio, le puedes decir adiós a las cremas antiarrugas, el rostro se te mantiene terso que no veas…

—Pero si nosotras no necesitamos todavía de esas, no me fastidies.

—No, pero cuando las necesitemos será un ahorro. Lo podemos meter en una hucha y ya tenemos para un viajito. Aunque me da a mí que a ti no te va a hacer falta, que el jefe está forrado. —Le guiñó el ojo y Alvar le hizo un gesto indicativo de que cerrara el pico que ella se pasó por el arco del triunfo.

—Te está mirando fatal, Celia—murmuré entre dientes.

—Anda ya, mujer, si a él le encanta que yo le dé caña, ¿te ha dicho ya que cocina estupendamente? Esa es otra de las ventajas, en este caso del muchacho. Vamos que las tienes a montones, ¿o me vas a decir que no?

—Yo qué leches te voy a decir que no, mujer. Claro, me quedo aquí desde ya mismo—le contesté burlona mientras Alvar movía su dedo sobre las sienes en señal de que estábamos locas.

—Ahí donde lo ves, nos está llamando regaderas, esto es una falta de respeto total—se quejaba ella mientras lo seguía pinchando.

—Celia, nosotros ya nos vamos, que estás hoy en pie de guerra y yo no quiero líos.

—Pues nada, que vuestras mercedes lo pasen muy bien, que parece que así será.

Ella tenía guasita para regalar y nosotros nos fuimos cada uno a nuestro iglú para arreglarnos y darnos el encuentro a la salida.

—¿Hoy qué nos toca? —le pregunté mientras me embriagaba con aquel perfume masculino tan característico suyo.

—Hoy nos toca patinaje sobre hielo, ¿te apetece?

—Me apetece, me apetece. Buen plan.

Aquel lago helado nos esperaba como un regalo. Lo primero que llamó mi atención fue que estaba muy poco concurrido, por lo que se presentaba ante nosotros casi como una pista de patinaje privada.

Yo había hecho mis pinitos patinando sobre hielo en España, pero la experiencia no se parecía a aquella ni de lejos.

Alvar iba provisto de unos patines de hielo de una marca estupenda, como todo lo que él usaba y sacó otros a juego para mí.

—Tú eres de lo más apañado, como un Decathlon o algo así…

—Estos eran de Celia, espero que no te moleste.

—No, hombre, por qué me voy a molestar. Si no se molesta ella…

—No, no, ella en absoluto. Ya se lo he comentado y le ha parecido muy bien.

—Es una mujer increíble, me está cayendo cada día mejor.

—Sí que lo es, es que a mí, estará mal que lo diga, pero me gusta rodearme de mujeres increíbles. Y tú lo eres más que ninguna.

Alvar era todo elegancia. Sabía darle su lugar a Celia, como su ex que era, pero trataba de que yo saliera ganando en las comparaciones para no despertar mis celos.

¿Celos? En realidad, no sabía de lo que estaba hablando, porque nosotros no habíamos hablado de que fuéramos a tener nada. Y si lo teníamos sería visto y no visto, porque yo en una semana estaría de vuelta en España y aquella sería una maravillosa historia para el recuerdo.

Comenzamos a patinar y la primera en la frente. Yo hacía bastante que no practicaba y pegué tal resbalón que fui a parar a varios metros de nuestro punto de partida.

—¿Te has hecho daño, cariño? —me preguntó Alvar y yo pensé que, en el caso de que me lo hubiera hecho, su "cariño" me lo curaría.

—No, no te preocupes, estoy bien. El único herido, en todo caso, será mi orgullo.

Esa fue la primera caída, pero no la única. Y no solo por mi parte, que el hielo estaba bastante traicionero y hasta Alvar, que era un reputado patinador según me había comentado Celia antes de salir, fue a dar con todo su cuerpazo en el suelo.

—Hoy sí que nos hemos ganado el sustento, ¿no te parece?

—¿Y cuándo no lo hacemos? Si yo creo que aquí he venido a comer.

—A comer y a conocerme a mí, ¿o qué viene a ser esto?

—Cierto, cierto, que me he equivocado, hombre. Y a conocerte a ti.

—¿Volverás a dormir en mi iglú esta noche?

—Paso palabra…

Capítulo 10

Pasé palabra, pero me fue bastante más difícil pasar de él. Aquella sonrisa pícara con la que volvió a pedírmelo a nuestra vuelta, aquella tarde, después de haber pasado un día único, me hizo pensar que me iba a ser prácticamente imposible resistirme a cualquiera de sus peticiones.

Y encima al muchachito parecía que le había hecho la boca un fraile, porque no paraba de pedir.

—¿Y qué me darás si lo hago?

—Clara, no me pinches así que no soy de piedra y se me ocurren una y mil cosas…

Sí que me fascinaba pincharlo y yo casi que me la estaba ganando por lo militar. A lo largo de aquel largo e intensísimo día, Alvar se había mostrado cada vez más cercano a mí y yo estaba alucinando en colores, por decirlo de una manera rápida.

Fue llegar al complejo y cogerme por la cintura.

—Estoy deseando dormir de nuevo contigo, ¿no sería una verdadera pena que nos lo perdiéramos?

Hice cuentas mentales con los deditos y concluí que, para lo que me quedaba en el convento, me cagaba dentro.

Desde luego que sería una auténtica pena no disfrutar de las vistas de ese cuerpazo serrano tan impresionante que lucía el niño. Y desde luego también que sería para darme un palo en la cabeza y abrírmela si me lo perdía solo por miedo.

Llegué a mi iglú, cogí mis cosas y me dispuse a pasar al suyo, que creo haber dicho ya que estaba en una zona apartada del resto y con unas privilegiadas y sensacionales vistas.

Por el camino me indicó Celia, quien se partió de risa.

—Mira que hace frío, pero me da a mí que tú vas a entrar en calor en un periquete.

Todavía no podía evitar ruborizarme al hablar con ella de aquellas cuestiones.

—¿Me das tu palabra de honor de que ya no te hace pupa?

—¿Quieres decir si no me hace daño en el corazoncito? Y, en un gesto muy cómico, se echó hacia atrás como si hubiera recibido un balazo en dicho órgano.

—Eso mismo.

—Mira, cariño, tú eres muy cansina. Yo estoy loca por ver a Alvar feliz, de veras que le tengo mucho cariño. Y, además, si le ayudo a emparejarse, limpiaré un poco mi conciencia, que se quedó un poco tocada después de la faena que le hice.

Ateridas de frío allí en el exterior, a veinte grados bajo cero y dándole al pico. Lo nuestro era de traca…

—¿Por qué dices eso?

—Muy sencillo, porque el pobre deseaba una vida familiar; mujer, hijos y toda la parafernalia… Y yo al final le di un mojón pinchado en un palo. Tampoco creo que se mereciera eso.

—Pero, sin embargo, él te quiere tela…

—Porque sabe que en el fondo soy buena gente, solo que una cabecilla loca y no se lo tomó como algo personal. Imagino que tiene claro que, cualquiera con el que me hubiera casado tan joven, habría corrido igual suerte. E incluso peor. —Se echó a reír y yo noté que mi nariz comenzaba a congelarse.

—Me voy, guapa, que se me están helando hasta las ideas.

—Eso, eso… Y yo no quiero decir nada, pero yo de ti me daba un revolconazo bueno con el muchacho, que…

—¿Qué? Ahora dímelo, no te quedes a medias.

—Que son de lujo, como el resto del resort. —Me guiñó el ojo y salió andando.

Nada en la vida como contar con información privilegiada. Lo que ella me había dicho ya lo sospechaba yo, pero obvio que Celia lo sabía de primera mano.

Alvar, pese a ser el colmo de atento conmigo, parecía también un hombre de esos que hacen de la potencia su filosofía en la cama. Vaya, que tenía una pinta de empotrador nato que se la había dado Dios.

Con la sonrisa tonta todavía dibujada en los labios, entré en su iglú. Una extraña sensación parecida a la de estar en casa me invadió. Y, a renglón seguido, la forma en la que me acogieron sus brazos me indicó que aquel era el único lugar en el mundo en el que yo deseaba estar en aquel momento.

Para más inri, la música lenta que había puesto nos envolvía por doquier. Sin mediar palabra, ni siquiera para saludarnos, dejamos que nuestros ojos hablaran. Y lo hicieron con total sinceridad. Ninguno de los dos podíamos ocultar la atracción que estábamos sintiendo por el otro, pero es que, además, una corriente de dulzura y de cariño estaba naciendo también entre ambos.

—Has venido, no sabes lo feliz que me hace eso—murmuró en mi oído y yo pensé que, hacerle feliz a él, equivalía a hacérmelo a mí misma.

Miré a la pequeña mesita y vi que él había preparado un par de cócteles de bienvenida.

—¿No te parece un poco pronto para empinar el codo? —le pregunté dicharachera.

—Tómatelo, ya verás… está exquisito.

Puso uno en mi mano y no pude sino darle la razón.

—Bueno, bueno, ahora resulta que también eres un barman de primera, no paras de sorprenderme.

—Esa es la idea.

Alvar tomó el suyo y, aunque un poco tarde por el sorbo que yo ya había dado, brindamos…

Lo hicimos sin mayores pretensiones, tan solo por la noche magnífica que ambos teníamos por delante.

Dado que habíamos comido en abundancia durante el día, ambos concluimos que apenas teníamos hambre, por lo que un ligero tentempié que él había preparado con mimo nos sirvió.

Lo había preparado todo como solo él sabía hacer las cosas, en tiempo récord y con total eficacia. Ese era uno de los valores que, sobre su ex, me había recalcado Celia.

Según sus palabras, Alvar era una de esas personas que parecían hacerlo todo bien y que, además, le ponía total pasión a cuanto llevaba a cabo.

Lo de la eficiencia ya lo había comprobado por mí misma. Pero, en cuanto a lo de la pasión, se veía venir que me quedaba un cuarto de hora para hacerlo.

Comenzamos bailando y lo hicimos con absoluta complicidad. Lentamente, nuestros cuerpos se fueron acercando el uno al otro hasta tener la sensación de que nos íbamos a fusionar allí mismo, en vertical, y de la misma manera que nuestros labios llevaban ya bastante rato haciéndolo.

Con total ímpetu, ambos nos indicamos con la mirada que había llegado la hora de pasar a mayores y de cambiar de posición, por lo que comenzamos a degustarnos a placer como se hacen estas cosas, en horizontal y en la cama.

Nada más tumbarnos, el cuerpo de Alvar me cubrió, mientras sus labios seguían también envolviendo los míos.

 Puedo prometer que parecía que se nos iba la vida en ello, del énfasis que manifestamos.

Puedo prometer que aquello no fue premeditado, pero sí profundamente deseado.

Puedo prometer que leí en sus ojos que estaba ante la noche más apasionante de mi corta vida.

Sus labios pasaron de los míos a mi cuello y de ahí, después de explorarlo con pasión centímetro a centímetro, pasaron a los lóbulos de uno de mis oídos, en el cual depositó un "no sabes cuánto te deseo" que me llegó al alma.

Lo que él no sabía es que yo podía imaginarlo de sobra, a juzgar por lo mucho que también le deseaba a él.

Lentamente comencé a levantar su camiseta, mientras él hacía lo propio con la mía.

La visión de aquel torso que había haber sido cincelado en la mismísima Grecia clásica me dejó perpleja y lo mismo le ocurrió a él con mi generosa delantera, que miró como mira un niño pequeño un escaparate de chuches.

—Eres… eres realmente preciosa—murmuró mientras no dejaba de observar aquellos senos que, todavía presos en el interior del sujetador, le amenazaban con dejarle total y absolutamente enganchado a ellos.

—Mira quién fue a hablar—murmuré igualmente entre risas y entonces fue cuando ambos dibujamos con las manos aquellos atributos superiores del otro, que pronto comenzamos a lamer y a succionar; primero con urgencia y enseguida con casi desesperación.

Una vez lo hubimos hecho, la temperatura subió tanto en el iglú que yo pensé que el vaho de sus cristales iba a dejar en pañales a los de la célebre escena del coche de la peli "Titanic".

Me eché a reír pensando que, desde fuera, el espectáculo sería insólito, dejando aquel cristal opaco y a salvo de miradas indiscretas.

Inmersa en esa escena estaba cuando noté la sutil forma en la que tiraba de la cremallera de mis pantalones, una vez hubo desabrochado su botón. Loca porque me despojara de él, le ayudé subiendo mi cadera y, de un solo plumazo, me dejó en braguitas.

Suerte que aquellas no eran como el resto de mi indumentaria, térmicas y de cuello vuelto. No, aquellas eran finas y delicadas, puestas adrede para que la temperatura del iglú subiera con su sola visión.

Con un sutil movimiento de manos, Alvar se deshizo de ellas y pude notar la lujuria en sus ojos cuando, nada más pasar sus dedos por la entrada de mi cavidad más íntima, notó el calor proveniente de su extrema humedad interior.

Comenzando a excavarla, sentí que su entrepierna se abultaba por segundos conforme sus dedos avanzaban en dirección a su interior. Mi cuerpo se estremeció por completo y entonces fue cuando se deshizo igualmente de sus pantalones y sus bóxeres.

Con su miembro de lo más abultado y alcanzando una temperatura que bien podría acabar con buena parte de la nieve que envolvía nuestro iglú, se tumbó sobre mí.

Notar aquella erección tan brutal, mientras sus besos no dejaban escapar una sola palabra de mi boca, hizo que gimiera en su interior. Lo hice con una fuerza colosal, la que me proporcionó un orgasmo que primero me contrajo de pies a cabeza para más tarde dejarme total y absolutamente laxa.

En tal situación, su miembro no tardó en entrar en mi encharcada cavidad, no sin antes proporcionarme unos besos que me indicaban que, pese a que lo salvaje del asalto estaba por llegar, aquello no era sexo, sino que se parecía bastante más al amor.

Lo noté en la forma con la que me miró mientras, embestida tras embestida, repetía mi nombre y alcanzaba una potencia que…

—Dime por Dios que el cristal es de buena calidad o lo voy a partir con la cabeza—bromeé entre intensos gemidos.

—Conmigo solo te van a pasar cosas buenas, amor, no lo dudes…

—No, si no lo dudo—murmuré mientras comprobé que otro orgasmo estaba por llamar a mi puerta.

—Haces bien…

—Sigue, cariño, me muero…

—Yo sí que me muero por escucharte así, sigue, mi niña… disfruta.

Y seguí, ¿cómo no hacerlo en su regazo? ¿Cómo no hacerlo con él dentro? ¿Cómo no hacerlo cuando notas que te están mirando y esa mirada te derrite por dentro?

Alvar y yo descubrimos lo que era química en estado puro dentro de aquellas paredes… Ni que decir que, bromas aparte, el dormitorio estaba perfectamente aislado de las vistas desde el exterior, porque si no aquello hubiera superado con creces a un famoso *edredoning* de esos de los de "Gran Hermano".

No pudimos ser más felices en aquellas horas en las que comenzamos a conocernos por dentro. Y no hablo solo del festín carnal que nos dimos, sino de ese otro que indicaba que lo que ya allí se estaba cociendo daba pie a llamar al amor con mayúsculas. ¿En tan poco tiempo? Pues sí, quién dijo que el amor entienda de eso…

Aquel día amanecí realmente emocionada. Entre sus fortísimos brazos, pensé que nada malo podría volver a ocurrirme.

—Buenos días, preciosa. Qué bonita vista…

—Sí que es una auténtica maravilla. Ya sabía yo que Laponia me iba a impactar, pero esto es demasiado.

—Nada es demasiado para ti, tú te lo mereces todo. De todas formas, y si te sirve de algo, no era a esas vistas a las que yo me refería.

Tapados con la funda nórdica, habíamos dormido totalmente desnudos. Aunque era tal el calor que ambos nos proporcionábamos al estar juntos que bien pensé que podríamos haber dormido así en el exterior, en plena nieve; al raso del cielo que la noche anterior nos volvió a regalar una de esas auroras boreales que tanto y tanto echaría de menos cuando llegara a España.

No obstante, o mucho me equivocaba, o no iban a ser las auroras boreales lo que yo más echara de menos cuando volviese. Pensé en que mi único consuelo sería el refugio de mi tía Marita, que la pobre era mi paño de lágrimas…

Vaya plan, no podía ser… Yo había viajado a Laponia para restablecerme del mal trago que llevaba un largo tiempo pasando, no para volver hecha un auténtico trapo a mi casa.

Mi casa, que esa era otra… Tenía que tomar una decisión al respecto. La casa de mis padres había permanecido cerrada desde que ellos fallecieron y yo me instalé con mi tía.

Tendría que coger el toro por los cuernos, plantarme allí, abrir puertas y ventanas y dejar que entrara el aire fresco. Por cierto, que por muy fresco que fuera en mi Salamanca natal, poco tendría que ver con el de Laponia.

Si me iba a ir del pueblo, al menos debería alquilarla o qué se yo… Cualquier cosa menos permitir que se metiera allí un día una legión de okupas y yo tuviera que pagarles hasta los yogures que se comieran.

Eran tantas las decisiones que debía tomar que Alvar seguro que vio el pánico en mis ojos.

—¿Qué te pasa, mi niña?

—Nada, pensaba en cosas de cuando vuelva a España y tal, tú ya me entiendes.

—Nada de pensar en eso ahora, cabecita hueca— Me comentó mientras me hacía un masaje en las sienes con sus dedos.

No quería pensar, pero era inevitable. Lo que a mí de verdad me hubiera apetecido sería quedarme allí con él, en aquel lugar tan recóndito y no volver a preocuparme de nada nunca más, pero ese no era un regalo que pudiera pedirle a Papá Noel.

—Lo intentaré, lo intentaré.

—Podemos empezar con un buen desayuno, que eso cura todos los males.

—Totalmente de acuerdo, lo de mover el bigote de buena mañana es la mejor idea del mundo.

"De buena mañana", esa expresión tan catalana que mi amigo Andreu siempre utilizaba y a la que yo le encontraba un encanto especial.

Aunque para encanto el que estaba percibiendo en aquellas tierras… Laponia me había enamorado en tan solo unos días, si bien era muy probable que la presencia de Alvar allí tuviera mucho que ver.

En su línea, pidió un desayuno más propio de Asterix y Obelix que nuestro, pero seguro que caería.

Desde que estaba con Alvar notaba que mi apetito no hacía sino *ir in crescendo* y es que al lado de aquel finlandés la vida adquiría un tinte bastante más intenso.

—Todo esto está de muerte—le decía yo mientras comía a dos carrillos.

—Pues dale, que hoy sí que nos vamos a ir a montar en trineo y vas a necesitar reservas de grasa.

—Ay, Dios, que mira que sí que le he pillado algo de miedo al asunto, a ver si esta vez llego de una pieza.

—Míralo por el lado bueno. No te pasó nada de nada y encima dio pie a que tú y yo pudiéramos conocernos, ¿o no?

—Hombre, mirado así, admitimos pulpo como animal de compañía, pero que tampoco es eso…

—¿No te alegras de haberme conocido?

—No sé, no sé, feucho…

—Bueno, bueno, ya me lo contarás algún día.

"Algún día", qué raro sonaba eso, ¿en qué contexto? Mejor no pensar, porque si la tristeza por el futuro empañaba la felicidad que pudiera vivir en el presente, me estaría haciendo un flaco favor a mí misma.

Fui a levantarme con intención de asearme cuando comprobé que era mucha la fuerza que el finlandés ejercía sobre mí. Y no me estoy refiriendo a nada mental, sino más bien al tirón de brazos que me dio y que me llevó nuevamente hacia ese lugar predilecto para mí´; su regazo.

Alvar tenía un magnetismo que me podía. Y yo… Yo no podía más que rendirme a sus brazos.

Antes siquiera de que comenzáramos a hacer la digestión de tan copioso desayuno, ya estábamos devorando de nuevo. En este caso, lo hicimos uno al otro… Un nuevo festín de cama que se prolongó a lo largo de más de una hora y que me supo mejor todavía que aquello que habíamos ingerido, que ya era decir.

De camino hacia el coche, y mientras Alvar se acercaba a uno de los iglús a arreglar un tema con un cliente, me acerqué a la recepción.

—Buenos días, muchacha, pero ¿tú echas aquí más horas que un reloj? —le pregunté a Celia.

—¿A que sí? Pero eso se lo deberías decir a tu jefe, que es un explotador—me comentó en broma—. Oye, y no es por meterme donde no me llaman, pero tú… Tú has tenido fiesta de la buena esta noche.

—Vaya, qué precisión la tuya, ¿no me digas que lo llevo escrito en la frente? Porque me muero del corte, ¿me oyes?

—Más o menos…

—¿Qué dices? —Me miré en el espejo de la recepción como si pudiese haber algo de cierto en sus palabras. Debía ser el amor que todo lo podía…

—Lo que oyes, lo que oyes. Anda ya, tonta… Es que blanco y en vasija… ya se sabe. Además, que ya te iba tocando, sería para baldarte a palos que siguieras durmiendo al lado del tiarrón de Alvar y a palo seco. Imperdonable, vamos, te lo digo yo…

—Ya bueno, pero es que me corto, ya me vas conociendo…

—Claro, claro, menos miedo y más vergüenza, rubichi. —Se echó a reír y más colorada me puse yo.

Fue entonces cuando levanté la vista y vi aquella escena que me dejó paralizada.

—¿Tú estás viendo lo mismo que yo?

Alvar avanzaba hacia la puerta de la recepción con una mujer joven y guapísima a la que se estaba comiendo a besos… Y no contento con ello, la cogió en brazos, pareciendo loco de felicidad.

—Ay, mi madre, se te acabó el chollo. Menos mal que le has echado unos cuantos polvos esta noche…

—¿Qué quieres decir con eso? —Todo el calor con el que me había levantado pareció disiparse de golpe.

—Que todo termina en la vida, nena, y ahí tienes a la lagarta que ha venido a decirle adiós a lo vuestro.

—Celia, por Dios, escupe…

—Es la novia de Alvar, no sufras, él seguro que te lo iba a contar y…

Y afortunadamente que me paró porque yo ya iba saliendo para decirle al finés de todo menos bonito. Vestirlo de limpio sería lo que hiciera, ¡se podría ser más desgraciado? Pero claro que no era él solo, la que acababa de llegar lo mismo tenía más cuernos que un reno de aquellos que campaban a sus anchas por esos lares y probablemente no tuviera la culpita de nada. Sin embargo, no podía decir lo mismo de Celia, a la que proferí la mirada más iracunda que salió de mi interior antes de seguir el movimiento natural de mis pies y salir como un torbellino. Sería asquerosa, lanzarme así a sus brazos…

—Para, para, para, fierecilla, que es broma—me dijo y casi le doy un revés en toda la cara al volverme y verla tan cerca de mí.

—¿Broma? — Traté de calmarme, aunque intuí que no iba a serme nada sencillo.

—Que no es ningún amor de Alvar, bueno sí, pero uno fraternal… Es Lumi, su hermana.

En la vida le he pegado a nadie, pero reconozco que ese día estuve a un tris de darle el cachetazo del siglo a Celia.

—¿Su hermana? ¿Y te parece bonito? No lo he abofeteado porque Dios no ha querido… Joder, Celia, vaya humor el tuyo.

—Hija, alguna falta debía tener una. Además, yo necesitaba comprobar una cosa y la prueba ha sido superada.

—¿Qué se supone que debías comprobar?

—Muy sencillo; que estás coladita por Alvar.

—Vale, un poco, pero eso ya te lo podría haber confirmado yo sin necesidad de echar el hígado por la boca, ¿no te parece?

—Que va, nada como ponerse una en tensión para que afloren los verdaderos sentimientos.

—¿Los verdaderos sentimientos? La verdadera leche es la que he estado a punto de darte yo a ti en la cara, guapa. —Finalmente me eché a reír, porque Celia es que no tenía arreglo.

Alvar entró con aquella otra rubia a la que yo había logrado odiar en un momento.

—Cariño, mira ella es mi hermana, Lumi, de la que te hablé. Ha venido a verme por sorpresa.

—Encantada, Lumi. Alvar me ha hablado mucho de ti…

—Sí, y en el corto recorrido que acabamos de hacer, tampoco ha parado de hablarme de ti, si es que eso te sirve de algo…

—¿Sí?

Naturalmente que su comentario me llenó de orgullo y satisfacción, como diría el rey emérito.

—Sí, sí, ten cuidado, que mi hermanito es muy intenso.

Ya, ya había comprobado yo parte de su intensidad. Alvar era una de esas personas que lo eclipsaban todo con su presencia.

—Algo he notado, no sabes lo que me alegra conocerte. ¿Has venido para muchos días?

—Sí, bueno, he pillado vacaciones y me quedo hasta después de Navidad. La Gran Manzana es maravillosa, pero también te absorbe mucho y, si no quieres caer en el tipo de vida bulliciosa de las gentes de allí, más te vale desconectar de vez en cuando.

—¿Sabes que a Clara le encantaría ir a Nueva York?

—¿Cómo? Pues eso está hecho. No tenéis más que coger los billetes y…

Digna hermana de su hermano. Otra que se veía que no se las pensaba. Como los ricachones que eran, ambos lo veían todo de lo más fácil. Ni que yo fuera Willy Fog para estar todo el día de acá para allá.

—Bueno, no sé cuándo podría ni…

—Tonterías, ya lo concretaremos. Y ahora, ¿dónde está mi otra cuñadita?

Miré al mostrador y vi que no estaba Celia, ¿dónde se había metido esa chica? Era el acabose, no se sabía nunca por dónde iba a salir.

—Pues ahora mismo estaba aquí, habrá ido a empolvarse la nariz al tocador, digo yo…

—¡Y un jamón! Salió ella de debajo del mostrador dándonos un susto mortal.

—¡Mírala! Cuñadita…

—No, no, ahora tu cuñada es esta—le indicó Alvar señalándome entre risas.

—Bueno, bueno, que una cosa es que ella sea la que vaya a aguantarte ahora y otra muy distinta que yo no sea la cuñada de Lumi, ¿eh, feo?

—Esto es de locura, lo que vosotras digáis, un auténtico matriarcado…

Cierto que el pobre no parecía tener escapatoria. Alvar nos miraba a las tres y parecía estar en el colmo de la felicidad.

—Me parece que debemos posponer el plan del trineo para mañana, ¿no te parece? —le pregunté, segura de que preferiría estar con su hermana.

—No, no quiero que pospongáis nada por mí, ¿eh? Que los tortolitos tienen que tortolear a placer…

—Mujer, si hay más días que ollas—le dije como sin pensar en que los míos allí ya estaban contados.

—Pues entonces os invito a almorzar, tengo un montón de novedades que contaros, no sois los únicos enamorados…

Ea, allí ya se hablaba de amor como si en tal cosa. ¿Sería cosa del frío que acelerara el metabolismo?

En España, unos días después de haber conocido a un chico que me gustase, yo estaría en fase de a ver si me enviaba un wasap y allí ya teníamos un cachondeo de padre y señor mío, hablando como si fuésemos pareja, ¿hacia dónde nos llevaría aquello?

Capítulo 12

Aquellas horas me sirvieron para conocer más en profundidad a Alvar por boca de su hermana.

Lumi era otro torbellino que no paraba de hablar, igual que Celia, por lo que me extrañaba en absoluto que en su día hubieran hecho tan buenas migas como cuñadas.

Sentadas en aquel coqueto restaurante, mientras él estaba en el servicio, Lumi me cogió la mano.

—Te voy a decir una cosa, conozco a mi hermano y hacía tiempo que no lo veía así con una chica, Clara.

—Así, ¿cómo?

—Pues con el babero puesto, tú no sabes dónde te estás metiendo. —Se echó a reír.

Desde luego que no lo sabía y la que más parecía preocuparse al respecto era mi tía Marita, que estaba un poco ojo avizor desde España, tipo Radio Patio, pero por el wasap.

Yo la tenía al corriente de todo y, aunque por un lado parecía encantada de que hubiera vuelto a recuperar la sonrisa, por otro me decía que le invadía el miedo a que me enamorara del finés.

Solía calmarla diciéndole que nadie se enamora en tan pocos días, pero ella debió pensar que, a otro perro con ese hueso, porque su nivel de alerta seguía marcando niveles máximos.

El mensaje que me llegó aquel día, sin embargo, iba en otra dirección.

"Cariño, ya te contaré. Tu primo Alfredo ha sufrido un pequeño percance, un accidente esquiando, mira tú qué mala pata… Y no, no se ha partido una pata, sino las dos, ¿qué te parece?"

Me levanté de la mesa y la telefoneé.

—Tita, ¿qué me cuentas?

—Pues lo que oyes hija, que tu primo me ha metido en un laberinto de mucho cuidado. Ya sabes que él no sabe practicar deporte como el resto de la gente, sino que tiene que llevarlo siempre todo al extremo…

—Ya lo conozco, es un Jesús Calleja de la vida, tita…

—Pues eso, que no gano para sustos con él, que me voy a tener que ir a Ferrol a cuidarlo, porque madre no hay más que una y ese cabeza de alcornoque es incapaz de tener nunca una mujer a su lado.

—Tita, ahora mismo me pillo un avión y me voy para allá con vosotros.

—¿Tú estás boba, Clarita? Si lo único que voy a tener que hacer es aguantar la impertinencia de tu primo, que se va a subir por las paredes por tenerse que estar unas semanitas sentado. Y encima, a ver quién es la guapa que se lo lleva al pueblo en Navidades, lo mismo te tienes que venir para Ferrol cuando llegue el momento, que no las tengo todas conmigo.

Colgué el teléfono y pensé que por fin iba yo a conocer Ferrol porque era cierto que mi primo tenía la cabeza como el marmolillo de dura y, si ya le costaba moverse de su casa en circunstancias normales, cualquiera se lo llevaba en sillita.

—¿Todo bien? —me preguntó Alvar, que ya estaba sentado con Lumi.

—Todo genial, bueno si omitimos el pequeño dato de que mi primo se la ha pegado esquiando y se ha partido las dos piernas, pero eso es lo mínimo que puede sucederle a alguien como él, que no para…

—Huy, pues entonces se llevaría fenomenal con mi hermano, no sé si te lo habrá contado, pero a este no ha nacido quien lo pare tampoco, está siempre enredando…

—Sí, algo voy viendo. El otro día estuvimos en motonieve y…

—Y prepárate para el turismo, porque a este no lo dejas en el sofá ni en broma.

—Ya veo, ya…

—¿Y por qué no les dices a tu tía y a tu primo que se vengan a pasar la Navidad aquí con nosotros? —me preguntó Alvar como si aquello fuera lo más normal del mundo.

—Claro, yo creo que en eso está pensando mi tía, en venir hasta aquí, a menos sopotocientos grados bajo cero empujando la sillita de mi primo, como si fuera Clara la de Heidi…

—No, Clara la de Heidi eres tú, preciosa. Y mala idea no es…

Ya estaba, si por Alvar fuera, acogía allí a toda mi generación con tal de alargar mi estancia. Yo no podía estar más halagada y con Lumi también parecía que iba a tener un rollo estupendo.

—Bueno hermanita, cuéntanos eso de que estás enamorada.

—Pues lo estoy de un chico que es un amor. De hecho, este te garantizo que va a ser el amor de mi vida, hermano.

—Mira, Lumi, si me hubieras comprado un traje cada vez que has dicho eso, ahora tendría un vestidor que ni el de Armani.

—Como que no lo tienes, será por eso. ¿Te ha llevado ya a su casa o todavía te tiene viendo auroras boreales en el iglú por las noches, Clara?

—Lo segundo, lo segundo…

—Si es que es un romántico empedernido, qué se le va a hacer.

—Bueno, vamos a lo que vamos; a tu chico, ¿quién es, edad, a qué se dedica? Necesito tener todos los datos para darle o no el visto bueno. —Hizo como que apuntaba en una libreta todo lo que iba a salir por su boca.

—Edad, tres meses... Bueno o menos tres meses, como queramos decirlo. ¿Desde cuándo se cuenta, antes o después de nacer?

Alvar la miró con la boca abierta.

—¿Me estás diciendo que voy a ser tío? Con razón dices que es el amor de mi vida, como para no...

—Eso mismo, petardo.

—Hermanita, estoy emocionado.

—Ya lo sé, ya lo sé. Si es que yo todo lo hago bien...

—¿Y esto cómo lo has hecho? O. mejor dicho, ¿con quién?

—Con nadie, con nadie...

—Anda, la leche, pues esa modalidad sí que no la conocía yo. ¿Y qué ha pasado con aquello de la semillita y...?

—Pues que ahora el cuento está un poco más automatizado y tu sobri ha salido de un banco de semen, siento restarle lo idílico al tema.

—¿Y eso?

—Pues porque no doy una a derechas en el amor, hermano. Y estoy harta de tener que repartir cosas cuando rompo con alguien. Mi hijo va a ser solo mío, así me aseguraré de no tener que compartirlo con nadie.

—Desde luego que siempre has sido un personaje, hermana.

—Y valiente, y valiente, Lumi. Me parece una decisión que no todas las mujeres podrían tomar—añadí.

—Y menos tú, bonita, que los vas a tener conmigo—repuso Alvar y yo lo miré con ojillos de enamorada.

Claro, hasta hijos y todo íbamos a tener, ¿en qué cabeza cabía aquello? Ahora todo estaba muy bien, pero luego la distancia se encargaría de hacer lo blanco, negro y de que aquello no quedara más que en un magnífico recuerdo vacacional.

—Esto tenemos que celebrarlo, hermana. Estas Navidades van a ser especiales, ¿lo saben ya nuestros padres?

—Qué va, a ellos se lo voy a presentar como el mejor regalo de Santa Claus que hayan recibido en su vida.

—Sí, sí, la que los vas a tener que recibir más de una vez a partir de ahora vas a ser tú. ¿Eres consciente de que se van a volver locos con su nieto?

—Hombre, pues Nueva York no está a la vuelta de la esquina, pero conociéndolos, no les dolerán prendas en plantarse allí cada dos por tres. Y yo encantada de la vida.

—Pues nada, asunto concluido.

—Otra que se va a volver majara será Celia— sentenció ella.

—Ya ves que sí…

De camino de vuelta al resort, Alvar no paraba de mirarme en el coche.

—Muy callado está mi hermano, a este le encantan los niños y te digo yo que está fantaseando con tener tres o cuatro contigo. —Se rio Lumi.

—¿Tres o cuatro nada más? —ironicé mirándola como si la idea me diera pavor.

—O los que se tercie—intervino él y me pareció tan tierno que no pude sino darle un cariñoso pellizquito en la mejilla.

Sí que hubiera sido la bomba que las circunstancias nos fueran más propicias porque, bromas aparte, yo con él hubiera tenido una caterva de niños, uno detrás de otro…

En mi caso, también era familiar hasta decir basta y me había quedado con toda la gana de disfrutar de un hermanito. Y si algo no entraba en mis planes, era que eso le ocurriera a un hijo mío el día de mañana.

Lumi comenzó a contar lo trastos que eran él y Alvar de pequeños y ahí sí que tuve que tirarme de risa.

—No te lo imaginas, con lo sibarita que es el tío, un día mi madre le pilló metiéndome en la lavadora porque me había caído en un charco de barro y amenazaba con mancharlo.

—¿Qué me cuentas?

—Sí, mujer, que es don perfecto y debió pensar que un lavadito largo con suavizante me iba a dejar como nueva.

—No seas mala, que yo solo tenía tres años, ¿cómo iba a saber que aquello era peligroso?

—Y yo, dos, cafre, y me pudiste dejar lista para tender.

Por lo que iban contando, sus padres no se habían aburrido con ellos. Luego alcanzaron la adolescencia y también debieron liarla parda en más de una ocasión.

—Sí, mujer, aquí el muchachito con la motonieve se perdió a los dieciséis en pleno invierno y en plena nevada. A mi madre no le dio un infarto de milagro. Ya lo dábamos por muerto cuando apareció sano y salvo.

—¿Qué me dices? Tú has sido un prenda…

—Sí que lo ha sido, sí, pero de aventurero y eso. Luego con las mujeres es más bueno que el pan, también te lo digo.

—Tú qué vas a decir si eres su hermana, lo que estás es intentando vendérmelo a toda costa, bandida.

—Que no, que no, que es verdad, pregúntaselo a Celia.

Celia ya me había dado su versión de los hechos, ahora lo que quedaba era que supiera que también iba a ser tita postiza, porque lo de ex tita como que no nos sonaba muy bien.

—¡¡¿¿Embarazada??!! —chilló tan pronto Lumi se lo dijo.

—Sí, vengo rellena como un Kinder Sorpresa. Lo único que, en vez de un juguete, traigo un muñeco en la barriga.

De eso no me cabía a mí mucha duda, porque muñecos eran todos allí.

—Sí, otro más para la colección, que anda que sois feos—añadí yo.

—O tú, por cierto, ¿estás segura de que eres española? Porque mira que podrías haber nacido aquí perfectamente, con esos colores que tienes.

—Que sí, mujer, a ver si te crees que en España somos todos como la flamenca del wasap.

—Eo, eo, dejaos de cháchara y vámonos ahora mismo a celebrarlo, que yo acabo mi turno ya—propuso Celia.

—Me parece, vamos a mi iglú. —A Alvar le faltó el tiempo.

Una vez allí, descorchamos una botella de champán a la salud de su futuro sobrino.

—Así me gusta, que seáis solidarios, jodidos—se quedó Lumi, quien no podía beber dado su estado de buena esperanza.

—Tú a callar, que bastante vamos a tener con aguantar a tu niño cuando lo traigas por aquí. Como sea la mitad de diablejo que habéis sido vosotros, menuda revolución. —Celia también estaba exultante con la noticia, pero en su línea.

—Hombre claro, cuando yo venga de vacaciones, os lo suelto aquí y, si te he visto, no me acuerdo. Como no voy a venir harta de pis y caca, de malas noches y de trastadas…

—Pues nada, ordene y mande. Ya si eso estará aquí Celia para echar horas extraordinarias. —Se bebió su copazo de un trago.

Parecíamos una familia y nos comportábamos como tal. Increíble me resultaba pensar que días antes ni siquiera nos conociéramos. Y ahora… ahora formaban parte de mi vida.

Capítulo 13

—Lumi, Alvar y yo hemos pensado que no te vamos a dejar sola hoy. Y menos embarazada como estás—le conté en el desayuno que compartimos con ella.

Lumi se había alojado la noche anterior en uno de los iglús y amaneció resplandeciente.

—¿Y yo qué os he hecho para que me amenacéis así? Mirad que he venido en son de paz.

Ironiquilla era también un rato largo la última rubia que se había unido al grupo.

—Nada, tú no has hecho nada, pero te vas a venir con nosotros a la casa de Santa Claus, que yo me muero por verla—le informé.

—No, no, de eso nada… Que ese plan es muy empalagoso, mujer, y yo la he visto ya un montón de veces.

—Pero que sí, que nos lo vamos a pasar pipa, ya lo verás.

—¿Dónde está la polémica? —Celia apareció y se unió a nosotros.

—Que me quieren llevar a Rovaniemi, a ver a Santa y yo a ese señor como que lo tengo ya muy visto.

—¿Y a santo de qué la queréis atormentar así? —Ellas dos venían a ser como las dos acidillas del grupo.

—Porque tiene que ser precioso y porque no la queremos dejar sola ahora que está embarazada—le comenté yo.

—Está embarazada, no enferma, tú lo has dicho. Y no me extrañaría que enfermara si os la lleváis, con tanto azúcar como se respira por allí.

—Se me ocurre una idea, Celia, píllate el día libre y te la llevas tú donde le apetezca—le propuso Alvar.

—¿Se os ha ocurrido pensar que no necesito a nadie que me cuide? A ver, que cuando vuelva a Nueva York no estará allí ni el gato para hacerlo y pienso sobrevivir perfectamente a vuestra ausencia, mendrugos.

—Tú calla, cuñadita, que me acabo de ganar un día libre y no me da la gana de que me lo fastidies, hombre—apostilló Celia.

—Bueno, pasaré por el aro por eso, pero ya le estás diciendo a estos dos que yo no necesito a nadie.

Menudo carácter que se le veía a Lumi, el mismo que el de Alvar… Y de paso también el de Celia, aunque no compartiera sangre con los otros dos.

De todos ellos, yo parecía la más apocada. Pero luego me paraba a pensar y concluía que tampoco era ni la sombra de lo que había sido, porque, al fin y al cabo, había tenido los santos ovarios de plantarme en Laponia yo solita a vivir la gran aventura de mi vida.

Camino de *Santa Claus Village* disfruté mucho con Alvar en el coche.

—Parece que lo del trineo se nos resiste, pero no te preocupes que ya llegará.

—¿Ahora me amenazas a mí? —bromeé.

Yo había leído también bastante sobre aquel destino, un enclave sito muy cerquita de la ciudad de Rovanieni, que íbamos a visitar.

Todavía en ruta, hicimos una parada que era obligatoria.

—Ponte ahí que te voy a tomar una foto, rubia. —Me guiñó el ojo.

—Pues va a ser con la nariz más roja que un tomate, porque no veas si hace frío hoy.

—Ya te daré yo luego calorcito, no te preocupes.

Me bajé y me tomó la típica foto en el lugar donde se pude cruzar la línea imaginaria del Círculo Polar Ártico.

Un pequeño cartelito indicativo nos sirvió de referencia y también nos tomamos unos selfis en una casita de madera de lo más mona situada junto al punto de la carretera donde una línea sobre la calzada nos marcaba cuál era la aludida línea imaginaria.

La cabaña tenía nombre propio, Cabaña de Roosevelt…

—Ahí donde tú la ves tiene una historia digna de ser conocida—me contó Alvar y yo lo escuché embobada.

—Pues dale, dale…

—Resulta que la construyeron en 1950 porque la primera dama de Estados Unidos tuvo a bien visitar este lugar para echar un vistazo a los trabajos de reconstrucción de esta parte de Finlandia, que quedaron devastados tras la Segunda Guerra Mundial.

Si algo me gustaba de Alvar era que, además de un hombre de esos de quitar el hipo por su aspecto físico, también me dejaba anonadada cada vez que abría el pico para contarme cosas de su tierra. Se veía que había estudiado en los mejores colegios, recibiendo una educación esmerada y contaba con un punto de vista muy juicioso sobre gran cantidad de temas de actualidad.

—Mírala ella, y por eso tenemos hoy la suerte de fotografiarnos junto a esta monada.

—Sí, sí, lo hicieron con la intención de celebrar la ceremonia de bienvenida de tan insigne personaje…

—Anda, ¿y por qué no la celebraron al aire libre? Con el buen tiempecito que tenéis por aquí hubiera sido lo suyo.

—Eres un bichillo, Clara, pues con todo el frío que hace, yo te veo encantada.

—¿A mí? Para nada, para nada…

Según me contó, pese a que la cabaña fue realmente construida a ciento ocho metros más al sur de lo que sería la verdadera línea geográfica del

Círculo Polar Ártico, desde entonces se convirtió en una atracción turística…

Lo que yo no esperaba era que allí hubiera otra que me dejó ojiplática.

—¿Creías que te ibas a librar de un tour en trineo con renos? Pues aquí lo tienes.

Bien me había dado coba Alvar. Al final, allí estaba el trineo y aquellos fantásticos animalitos que, ataviados con motivos multicolores, parecían recién salidos de la típica película navideña que se veía en Antena 3 en esas fechas.

Al final no me pude alegrar más de su presencia, porque lo que nos pudimos reír montados en ellos no tuvo nombre. Y el sinfín de fotos que nos sacamos tanto sentados en el trineo como de pie, al lado de los renos, quedarían para el recuerdo.

—Ten cuidado, no te enganches con uno de sus cuernos, Clara—me advirtió Alvar.

—Bien puedo tenerlo porque como me enganche va a ser peor que si me coge el toro que mató a Manolete, madre mía…

—¿Cómo dices?

Estaba claro que Alvar no estaba familiarizado con el toro que mató a Manolete. Y yo por mi edad obvio que tampoco, pero era una frase que le había escuchado un montón de veces a mi padre.

Después de aquel nevado paseíto nos dirigimos a un grupo de edificios que estaban situados a pocos kilómetros al norte de Rovaniemi, que está considerada como la ciudad en la que nació Santa Claus.

Cuando llegas al *Santa Claus Village* te da la impresión de estar adentrándote en un parque temático, si bien me fascinó por no tratarse de ningún sitio cerrado, sino abierto a todos los visitantes.

En sus diversas atracciones disfrutamos otra barbaridad y nos tomamos otro montón de fotos. Si bien teníamos la costumbre de hacerlo prácticamente a diario, aquel día íbamos a salir de allí con un completo reportaje, que iría enviando a mi tía, así como a mi amiga Carla, quien tampoco había día que no me escribiera.

En clave de humor, Carla me solía poner verde por haberla dejado en tierra y no permitirle acompañarme, pero en el fondo entendía perfectamente que hubiera querido comenzar aquella aventura sola.

Eso sí, conociéndola, me iba a tocar escucharle la boquita la vuelta ya que, seguro que me diría que, para haber querido vivirla sola, había estado perfectamente acompañada.

—Y este es, sin lugar a ninguna duda, el rincón más destacado del lugar; bienvenida a la casa de Santa Claus, bonita—me dijo Alvar cuando por fin llegamos a aquel rincón mágico.

Y, si el rincón era mágico, la magia real llegó al recorrerlo de su mano. Las distintas estancias que lo decoraban contaban con todo tipo de objetos que hacían alusión constante al bonachón de la larga barba blanca.

—Esto es una maravilla, estoy hasta nerviosa, como cuando era pequeña.

—Pues córtate un poco que ahí tienes al mismísimo Santa en persona—me indicó y reconozco que me pareció volver de golpe a la niñez.

Sentado en un sillón, nos invitó a sentarnos para intercambiar una breve charla con él. Ni que decir tiene que el negocio es el negocio y, mientras lo haces, te toman fotos y te graban un vídeo que después te venden, pero la ocasión bien valía la pena.

—Son preciosas—le dije mientras las iba mirando al salir de la calle y me di de bruces con aquella tienda de souvenirs en la que compré varios detalles para cada uno de los seres queridos que todavía me quedaban… Mi poca familia y mis amigos, que también constituían mi pequeño tesoro.

Cargados de bolsas, tampoco quisimos dejar pasar la oportunidad de visitar la Oficina Postal, un establecimiento bonito y colorido que me resultó de lo más confortable.

—¿Para qué son estos sofás? —le pregunté a Alvar.

—Para que le escribas tu carta a Santa Claus, pequeña.

Y no pudo acertar más en su forma de definirme en ese instante, porque como una niña pequeña me sentí.

Allí, sentada junto a él, y al calor de la chimenea, escribí una carta con mis mejores deseos que no le dejé leer, porque plasmé en ella mis más hondos anhelos.

Me sorprendió muchísimo ver las originales y entrañables peticiones de muchos de los pequeños que nos rodeaban y que estaban verbalizando por doquier.

—¿Qué ha dicho ese? —le pregunté a Alvar, porque algunos hablaban en finés.

—¿Ese con cara de buenecito?

—Sí, ese…

—Pues no solo tiene la cara, porque le acaba de decir a su madre que desea que todos los niños del mundo tengan juguetes estas Navidades.

—¿No me digas? Ay, que me lo como con patatas al rubiales.

La criatura en cuestión no podía parecerse más a un querubín, con esos rizos en su cabellera dorada, ojazos verdes y sonrisa angelical.

—¿Le dejas hacerse una foto con él? —le preguntó Alvar a su madre y ella respondió que por supuesto.

Los finlandeses eran amables hasta decir basta y aquello era algo que agradecí mucho.

Un poco después, le escuché decir a otro niño, en este caso en inglés, que su regalo sería que su abuelo enfermito se pusiera bueno.

Era como, si entrar en aquel lugar, sacara lo mejor de las personas, si bien también era cierto que los niños solían traer esa bondad de serie y no necesitaban ningún empujón para ello.

Llegó la hora de almorzar y con ella comprobé que las sorpresas de aquel día no parecían tener fin.

En el *Snowman World* flipé, literalmente. Y es que en mi vida había estado en un restaurante de hielo, como era aquel.

Tomamos la sopa de salmón en aquel insólito lugar. Lo calentita que estaba nos resultó muy reconfortante.

—Esto sí que es original—le comenté a Alvar mientras la sorbía mirando con ojos curiosos a todos los lugares.

—Sí que lo es. Te propongo algo, quedémonos aquí esta noche.

—¿Aquí en el restaurante? Mira que estamos zampando como limas sordas, pero digo yo que habrá que dormir.

Y quien decía dormir, decía otras cosas por las que yo estaba deseando que se fuera el sol. Y él lo mismo…

—No, Clara, es que este lugar es también un hotel…

—Madre mía, pues a ver si vamos a salir de aquí más tiesos que un ajo con los pies por delante.

—Que no, bonita, que está todo regulado. Te va a encantar y a mí también, no me he quedado nunca.

—¿En serio que no lo has hecho?

—No, ¿qué te crees?

Me resultaba extraño pensar en algo que no hubiera experimentado ya él, pues su vida no parecía haber sido nada convencional.

—¿Te hace ilusión? —le pregunté.

—Mucha…—Me dio un beso que de por sí bien valía una respuesta afirmativa por mi parte.

Pasamos la tarde en aquel extraordinario lugar y por la noche cenamos en el mismo escenario helado.

—Yo lo único que digo es que esta noche nuestro cutis va a rejuvenecer—le comenté no queriendo ni saber a menos cuántos grados estábamos.

Aquella maravilla tallada en hielo nos ofrecía un espectáculo sin par, una experiencia totalmente inigualable e increíble que me dejó una sonrisa para toda la noche.

—¿Sabes? Me da igual la temperatura, yo cuando te tengo cerca, estoy hirviendo, mi niña.

—Y yo cuando te tengo a ti, pero la próxima vez el destino lo elijo yo y te voy a llevar a…

Comencé a hablar de futuro sin darme cuenta. Y lo hice refiriéndome a unos cucos alojamientos en los que mi amiga Carla y yo nos habíamos quedado alguna vez en *Sajorami Beach*, en Cádiz.

—Llévame donde te dé la gana, pero llévame…

Puestos a soñar, comencé a hacerlo despierta.

—Pues mira, por la mañana nos iremos a la Playa de Caños de Meca, allí cerca está el faro de Trafalgar, que no desmerece en nada a un lugar como este, porque también tiene magia.

—Y si estás tú allí, más, pequeña…

—Verás, por la tarde la gente se aglomera al lado de unos puestecitos donde se vende bisutería local y toman algo mientras escuchan música en una pequeña duna de arena que hay enfrente de unos chiringuitos de madera…

—¿Sabes? Casi que puedo verlos y sentir su calor…

—Pues mira que sentir calor aquí tiene timba, ¿eh? Que como estornude se me van a helar hasta los mocos.

Mientras él se reía, yo seguía con mi relato. Aunque Laponia me estaba conquistando, yo también era una enamorada de mi país y de su gastronomía.

—En el sur, te ponen un pescadito frito que está de vicio. Y hay un restaurante allí muy cerquita de Los Caños, donde te ponen un choco asado que se te caen dos lagrimones, dan ganas de cantarle una saeta…

—¿Qué es una saeta? —me preguntó y comprendí que lo último que podía esperar en el mundo era que él lo supiera.

Se lo expliqué y le hablé también de la Semana Santa, que en parte conocía por Celia.

Pude comprobar por lo que me decían sus ojos y por la atención que me prestaba que le interesaba mucho todo lo que tenía que contarle sobre mi tierra y mis raíces.

Y fue entonces cuando recordé que mi madre siempre me decía que, el hombre que te quiere bien, es aquel que se interesa por tus vivencias y por el lugar del que provienes.

Yo también me sentía ya parte de su mundo, del de Lumi, del de Celia y hasta del de aquel sobrinito que estaba por llegarle a Alvar.

Charlando, charlando, ambos fuimos cayendo en brazos de Morfeo.

Esa noche soñé que vagaba sola por la nieve y sentí terror. Estaba perdida, pero pronto apareció mi chico iluminando mi recorrido con su sonrisa.

Esa noche comprendí que mis pesadillas ya no eran tales, porque cerca de él tenían un final feliz.

Esa noche quise recordarle mentalmente a Santa Claus lo que yo le había pedido en mi carta…

Capítulo 14

Nos levantamos sin prisas y con fresquito, como no podía ser de otra manera.

—Cuando le diga a mi tía que he dormido en un congelador va a flipar…

—Y que encima hemos pagado por ello, eso sí que le va a parecer increíble, ¿no?

—Y tanto… La pobre mujer va a decir que la próxima vez nos deja ella dormir en el arcón congelador que tiene ella en la despensa, ¡y gratis!

—Me gustaría conocer a tu tía, tiene que ser una gran mujer.

—Sí, no es por nada, pero lo es. Ella me ha echado un gran cable después de la desgracia.

—Lo entiendo y algún día la compensaremos por ello.

Ya volvían aquella especie de planes de futuro que, sin concretar nada, me dejaba caer. Aquello era una locura y de repente, la melancolía se adueñó de mí. Quizás hacía el tonto dejándome llevar por unos planes que estaban llamados a ser efímeros, pero es que no podía evitar que me encantara escucharle hablar en esos términos.

Pensaba en ello cuando, tras salir de desayunar, me llevé tal bolazo de nieve en la cabeza que me aclaró las ideas.

—Eso ha sido alta traición—le dije y, ni corta ni perezosa, le di yo otro bolazo a él con tal fuerza que también le hizo tambalearse.

—No se puede negar que la niña está comiendo bien. Leche, qué bolazo me has dado.

—Hombre, claro, a ver si te crees que solo los de aquí sabéis dar bolazos de nieve. Yo soy muy apañada, chaval, lo mismo sirvo para un roto que para un descosido.

—Ya lo veo, ya...

Comenzamos una guerra de bolazos que no pasó desapercibida para ninguno de los que por allí transitaban.

—No me lo puedo creer—le dije cuando vi que se unía a mi cruzada el pequeñajo querubín del día anterior.

—Yo sí que no me lo puedo creer, te salen aliados por todas partes. Eso es sin duda porque eres un encanto.

—¡Calla y toma! —El renacuajo y yo le acertamos al mismo tiempo y casi lo tiramos de espaldas.

—Voy a llegar al resort hecho un cromo, es tu culpa, que lo sepas.

—¡Y otra más! —acerté a decirle y él se partía de risa.

Satisfecha, nos montamos en el coche para ir volviendo poco a poco…

—De modo que el niño rico pensó que me la iba a dar mortal. Has venido por lana y has salido trasquilado.

—Mucha guasita tienes tú con lo del niño rico, ¿no?

—¿Y no lo eres?

—Sí, sí que lo soy, pero no te creas que por ello todo han sido ventajas.

—Ah, ¿no? Pobre niño rico—me burlé.

—Te lo digo en serio—afirmó.

—Ya, ya, en mi tierra dicen eso de que no es oro todo lo que reluce, pero, perdona que te diga, yo no me lo creo.

—¿Y si te dijera que estuve a punto de morir por esa razón?

—¿A punto de morir? Explícate…

—No es algo que hasta el día de hoy haya hablado con nadie que no sean mis padres ni Lumi, creo que entre tú y yo se da una conexión increíble…

—Yo también la noto, pero no te salgas por la tangente, cuéntame por favor.

—Cuando yo tenía seis años y Lumi cinco, sufrimos un secuestro.

—¿Un secuestro? ¿No te estás quedando conmigo?

—No, me temo que no.

—No me lo puedo creer, debió ser terrible.

—Agradable no fue, eso te lo puedo asegurar.

—Lo imagino, lo imagino. ¿Cómo fue?

—Unos desaprensivos, que iban tras el dinero de mi padre y a los que no les dolieron prendas en secuestrarnos con tal de salirse con la suya.

—Madre mía, no puedo ni imaginarme lo que tuvo que ser eso.

—Para mis padres fue un palo gordísimo. Durante las primeras horas pensaron que eran una más de las trastadas de mi hermana y mía, por lo que confiaron en que apareciéramos. Pero, conforme estas pasaron, tomaron conciencia de que alguna desgracia había pasado.

—Y supongo que movieron Roma con Santiago para encontraros.

—No te puedes ni imaginar; prensa, ofrecieron una gran suma de dinero a quien pudiera aportar algún dato que los llevara a dar con nuestro paradero, pero nada…

—¿Y vosotros? ¿Cómo lo vivisteis vosotros?

—Con terror, lo vivimos con terror. Lo único que nos daba un poco de alegría durante la semana que permanecimos en aquel sótano inmundo fue un perro que estaba permanentemente con nosotros.

—Supongo que lo habrían dejado allí para que os vigilara.

—Más bien pienso que le dimos pena y que quería hacernos compañía. Nunca en mi vida he conocido un animal más noble, era un Spitz finlandés con la mirada más bonita que puedas imaginar.

—¿Y qué sucedió? Me tienes en ascuas.

—Pues que yo fui enredando. Resulta que mis padres estaban más que dispuestos a pagar nuestro rescate, pero hubo problemas a la hora de hacerlo porque la policía estaba tras la pista de los secuestradores y estos se dieron cuenta, con lo que las amenazas subieron de grado y, además, el tiempo corría en nuestra contra.

—¿Y Lumi? ¿Cómo lo llevaba ella? Porque era todavía más pequeña que tú…

—Yo llegué a temer seriamente por su vida, porque llegó un momento en el que dejó de hablar y de relacionarse conmigo. Era como si quisiera evadirse de la realidad y también se negó a comer y a beber.

—Dios, qué situación…

—Sí, y en medio de aquella locura, los secuestradores, muy nerviosos, cometieron un fallo…

—Cuenta, cuenta…

—Dejaron la trampilla del sótano entreabierta y, a duras penas, logré subir a Lumi y ambos llegamos a la primera planta de aquella casa que estaba en medio de la nada.

—Joder, esto sí que es de película de esas de Antena 3 y lo demás son tonterías.

—Ojalá hubiera sido una peli, no te puedes ni imaginar el miedo que yo tenía, porque además no entendía la situación. Solo sabía que, una vez cada dos días, nos hacían fotografías delante de un periódico y nos cortaban mechones de pelo mientras se reían.

—Malnacidos hijos de la gran p….—solté en un clarísimo español y él lo entendió a la perfección.

—Sí, sí, que lo eran. Antes de que pudiera alcanzar la puerta, aquellos desalmados nos vieron y entonces fue cuando temí que todo hubiera acabado. Era de noche y estaban borrachos, de ahí su despiste también.

—Joder, esto se complica por momentos.

—Pues sí, entonces fue cuando nos apuntaron con sus pistolas y yo cerré los ojos, esperando el fin.

—No creo que se fueran a atrever…

—Sí, uno de ellos sí se atrevió porque había ingerido tanto alcohol que se estaba tambaleando. El otro estaba todavía más perjudicado y cuando sonó aquel tiro, se cayó de espaldas del susto, así de chapuceros fueron…

—¿Qué dices? ¿Un tiro?

—Sí, un tiro que aquel hermoso perrito evitó que nos lleváramos nosotros, poniéndose delante para defendernos. Ni siquiera me dio tiempo a despedirme de él, aunque vi claramente que sus ojitos se cerraron para siempre. Aprovechando la confusión, salí corriendo y todo aquel lío hizo que Lumi también se espabilara y que me fuera más fácil tirar de ella.

—Me quedo muerta, nunca había escuchado un relato tan intenso y tan triste.

—Para que veas que los ricos también lloran, ¿no había un culebrón que se llamaba así?

—Sí, que lo había, sí.

—¿Y cómo pudisteis escapar de aquella?

—Lo primero que hicimos al salir corriendo fue buscar refugio en el bosque que rodeaba la casa. Esa fue nuestra mayor suerte, que la arboleda nos sirvió de escondite. De todos modos, estábamos ateridos de frío y, para más inri, comenzó a nevar. Lumi se echó a llorar y me dijo que ya no podía andar más, que tenía demasiado frío y comprobé que sus manos estaban heladas. Ni unos miseros guantes llevábamos.

—Me muero de miedo solo de pensar por lo que tuvisteis que pasar, Alvar…

—Ya, pero por suerte aquel calvario ya estaba próximo a su fin. Cuando más desesperado estaba, divisé el humo de la chimenea de una cabaña.

—Ay, Dios, eso sí que es emocionante.

—Sí, me dirigí hacia ella y allí estaban sus dueños, ya dormidos, con un bebé de pocos meses que comenzó a llorar endiabladamente cuando toqué a la puerta.

—Bendito llanto…

—Así es, ellos nos acogieron hasta la mañana siguiente, pues el manto nevado no les permitía salir de la casa y no tenían teléfono, lo cierto es que vivían con poco más que lo puesto.

—Pobres y, sin embargo, seguro que os trataron con todo el cariño del mundo.

—Con tanto que, al día siguiente, mi padre les prometió que jamás les faltaría de nada. Y así fue.

—No me cabe ninguna duda de que cumplió su promesa, seguro que les cambió la vida.

—Justo, porque aquel hombre se convirtió en su mano derecha en el negocio. Y la vida les cambió por completo. De hecho, prosperaron mucho. Por cierto, que tú conoces a aquel bebé que nos salvó con su llanto.

—¿Qué dices? —Me quedé patidifusa por la noticia.

—Sí, sí, el bebé es Markus, el médico.

—¿No me digas? No doy crédito.

—Sí, de ahí que más que un amigo, le considere un hermano. Porque desde aquel día la vida nos unió más de lo que jamás pude llegar a imaginar, ¿sabes?

—Normal, es una historia preciosa. Jamás me hubiera imaginado que habías pasado por una historia así.

—No fue fácil, pero me hizo valorar más todavía la suerte que tenía de crecer con unos padres que estaban tan por mí y por mi hermana.

—Lógico, yo también sé lo que es eso. Y tienes que aprovechar cada uno de los días que los tengas junto a ti como si fueran un verdadero regalo, porque eso es lo que son.

—Sí, aunque no vivan cerca, saber que los tengo ahí cuando los necesito no tiene precio.

—Así es, la sensación de orfandad es una de las más terribles que puede experimentar el ser humano, por mucho que ya tengas algunos añitos como yo.

—Déjame cuidarte, Clara—murmuró.

—Alvar…

—¿Qué te ata a España?

—Bueno, tengo a mi tía, la casa de mis padres, he de buscar trabajo…

—Trabajo no te faltaría junto a mí, la casa… esa déjala para cuando vayamos de vacaciones. Y a tu tía nos la traemos con nosotros, no te preocupes.

—Claro, y le digo que cambie el cafecito de las tardes con sus amigas por un paseíto en renos. O mejor todavía, que venga y se líe con Santa Claus, mira que me va a decir de todo menos bonita, ella no va a dejar el pueblo en su vida…

—Pero puede venir a vernos en vacaciones. No creas que aquí hace el mismo frío todo el año, el invierno es más duro, pero el resto…

—Para el resto también nos diría que ella es más de Benidorm que de otra cosa…

—¿De Benidorm?

—Sí, sí, donde van todos los jubilados españoles, es un poco difícil de explicar, guapo.

—Venga, Clara, todo eso no son más que excusas.

—Alvar, pero si hace cuatro días mal contados que nos conocemos… ¿de veras crees que se serio que nos estemos planteando un futuro en común?

—Yo no lo plantearía así. Más bien diría que cerraras los ojos y me dijeras si te ves volviendo a España y olvidándote de lo que hemos vivido…

—No sé, olvidándome quizás no, pero a lo mejor yo podría venir de vez en cuando y tú…

—¿Sabes lo que aprendí yo en aquel secuestro cuando era niño?

—Dime…

—A cazar la oportunidad. Si no hubiera tirado para delante y salido por aquella puerta, quizás no lo hubiera contado, ni Lumi tampoco. Si algo tengo claro, es que no quiero dejar de hacer nada por miedo en la vida, Clara.

—Lo entiendo y me parece muy valiente…

—¿Y tú no eres valiente? Porque yo veo en esa cara bonita que sí…

Aquel día de vuelta supe muchas cosas más sobre Alvar, e incluso me enteré de aquel sobrecogedor hecho que había marcado su vida y la de su hermana.

Por cierto, que con ella pasamos la tarde cuando llegamos y luego nos quedamos en el iglú de Alvar a pasar la noche, como ya era costumbre entre nosotros.

—Bonita, mira en tu agenda si tienes planes para hoy—bromeó cuando nos despertamos.

—Claro que no los tengo, ¿por qué?

—Porque me encantaría hacer contigo un pequeño viaje de unos días…

—¿Unos días? Ya no me queda tanto tiempo.

—No hablo de más de dos o tres… Me encantaría llevarte a una zona preciosa que está a unos cuantos cientos de kilómetros. Se trata de un maravilloso lugar que está cerca de la frontera con Rusia. Mis padres tienen allí una casita y podrías pasarlo de muerte.

—Madre mía, ¿dónde no tenéis vosotros una casita?

—Venga, ¿te apetece? —Sonrió y tuve claro que no quería que a aquella sonrisa le faltase absolutamente de nada.

—Claro, hombre, ¿Qué me llevo? ¿La maleta completa?

—Cosas para un par de días, máximo tres… Pero tampoco demasiadas, llegaremos hasta aquel lugar en coche, pero el último tramo lo haremos en trineo con renos, ahora que ya estás familiarizada con ellos.

—¿Otra vez los renos? —Puse los brazos en jarra como quejándome.

—Sí, créeme que es una zona digna de ver en trineo, va a ser una de las grandes aventuras de tu vida. No será un paseíto como el del otro día, este te va a dejar con…

—Con las patas colgando, como decimos los españoles—lo interrumpí.

—Exacto, con las patas colgando…—Se rio y lo repitió en español, igual que se lo dije yo.

Era una diversión hablar con él en aquellos términos, enseñarle nuestras frases y que él hiciera lo propio con las suyas. Me lo pasaba fenomenal con Alvar.

—Oye, ¿y Lumi? No podemos dejarla sola tantos días, ¿no?

—Es que me ha comentado que se va con Markus a hacer un pequeño viaje también, ellos son otros que se llevan como hermanos. Así celebran lo de su embarazo.

—Pues que tenga cuidado tu hermana, a ver si entre celebración y celebración, se lleva el premio gordo y encuentra un padre para su hijo.

—¿Estás loca? Mira que podría mirar a Markus de cualquier forma menos como un cuñado, ya te he dicho que…

—Que lo ves como a un hermano, ya lo sé, no me seas cansino, pero que no os corre la misma sangre por las venas, muchacho…

—Mira que me estás poniendo los vellos de punta, eso sería lo último que podría imaginar en la vida, ¿eh?

—Pues ten cuidadito, que torres más altas han caído, chaval.

—Ya, ya, pero que me suena súper raro…

Llegamos a recepción y le conté nuestro planazo a Celia.

—Guau, vas a flipar, de veras que sí. Ese lago es una maravilla y la zona, madre mía, que me están llegando los dientes hasta el suelo. Disfruta mucho, niña, no creas que todos los días se ven sitios así.

En eso debía darle la razón a Celia. Lo que estaba viviendo por aquellos lares no era, ni mucho menos, algo a lo que yo estuviera acostumbrada…

Nos montamos en el coche, con un montón de bártulos para emprender el viaje.

A continuación, pusimos la radio y vi la preocupación en su rostro.

—¿Pasa algo, Alvar?

—No, solo que parece que la tormenta que estaba prevista para dentro de unos días se aproxima bastante más rápido de lo que se pensaba. No sé, quizás no haya sido la mejor idea la de proponerte el viaje en este momento.

—Venga, venga, que tampoco creo que sea para tanto. ¿No eres tú el que dice que el mundo es de los valientes? Ahora no te vayas a rajar, que estaría muy feo.

—No, si tú no tienes miedo, yo desde luego que no lo tengo.

—Pues ya está todo dicho. ¿Un poquillo de música?

Emprendimos un viaje que nos iba a llevar varias horas hasta llegar a la zona en cuestión, de la que estábamos a unos cuantos cientos de kilómetros.

Pusimos música y pronto comenzó a acariciarme, a hacerme gestos burlones y confidencias. Yo hice lo mismo con él y las horas comenzaron a pasar como si fueran minutos.

Paramos para almorzar en un paraje único en el que disfrutamos de unas maravillosas vistas, pese a que allí en invierno los días no podían ser más cortos.

—No sé cómo lo podéis llevar, el que anochezca tan pronto—le comenté.

—Estamos acostumbrados, pero que esto es en invierno, ¿eh? No creas que sucede lo mismo durante el resto del año.

—Bueno, bueno, eso lo tendrían que ver mis ojos…

—Y lo verán, y lo verán…

La idea era llegar a media tarde al lugar en cuestión. Allí nos estaría esperando el guía, con el trineo de renos para hacer la última parte del viaje.

—Oh, oh…—murmuró Alvar cuando vio el percal.

—¿Qué pasa? —le pregunté un tanto extrañada.

—Que, efectivamente, la tormenta viene con algo de urgencia. Y por lo que se ve no va a ser cualquier cosa.

—No me asustes…

—No, tranquila, no nos pasará nada. De todos modos, todavía estamos a tiempo de abortar misión. Podemos buscar un sitio en el que alojarnos y listo.

—No, ¿no hemos dicho que hemos venido a jugar? Pues a jugar vamos…

—Por mí sin problema, preciosa.

Un rato después llegamos al lugar en cuestión, un paraje insólito y de una belleza inenarrable donde nos esperaba el agradable guía.

Después de saludarnos, Alvar y él mantuvieron una pequeña conversación en finés en la que calibraron cómo llevar a cabo aquella última parte de nuestro recorrido sin que corriéramos ningún peligro.

La sonrisa de ambos y la forma en la que se dieron la mano me dejó de lo más tranquila. Si había alguien que conocía aquellos lugares eran ellos, por lo que no teníamos nada que temer.

Confortablemente instalados en el trineo, comenzamos camino de la mano del guía, quien nos iba dando todos los detalles de cuanto veíamos.

Entre risas y aplausos, nos tapamos al recibir los primeros copos de nieve. Pero, un rato después, nuestros grititos de júbilo ya no lo eran tanto.

Bastó con ver la cara del guía para darnos cuenta de que la cosa se iba a complicar un poco.

—Alvar, el temporal, no sé cómo decirte… Me tiene un poco mosqueado, la visibilidad comienza a ser nula.

—Pero esto te habrá ocurrido antes, ¿no?

Mi chico me iba traduciendo porque le dije por favor que lo hiciera, sus caras me indicaban que la cosa no iba demasiado bien. Es más, no iban nada bien…

Unos cuantos kilómetros después las cosas no mejoraban, hasta el punto de que los chicos casi enmudecieron.

—¿Está la cosa demasiado fea? —le pregunté mientras le cogía la mano con fuerza a Alvar.

—¿Recuerdas que te dije que mientras estuvieras conmigo nada malo te sucedería? Pues no lo olvides, pequeña. Tenemos una contrariedad que solventar, pero solo va a quedar en eso.

Aquella contrariedad incluía que, por momentos, la visibilidad se reducía, hasta no verse tres en un burro. Luego llegaban otros en los que la ventisca nos daba una tregua.

—¿Qué es ese edificio? —le pregunté en otro momento mientras sacaba mi cámara de fotos y tomaba una.

El guía le señaló a Alvar que no lo hiciera y yo la guardé.

—Clara, cariño, todo va bien, pero vamos a ser cautos, mejor dejamos las cámaras guardadas.

—Pero no lo entiendo, ¿qué daño puede hacernos una foto?

—Déjalo estar, mi vida, por favor.

Por si las moscas, así lo hice. Al fin y al cabo, yo siempre había seguido aquello de que "allá donde fueres, haz lo que vieres" y si Alvar me decía que no era recomendable que yo tomara aquellas fotos, sus razones tendría.

La ventisca comenzó a recrudecerse y de nuevo se hizo difícil ver. Habían pasado unos minutos de aquella forma cuando vimos aparecer otro trineo, esta vez tirado por huskys, y lo paramos.

—No hablan en finés, ni tampoco en inglés, ¿qué idioma tan endiablado es ese? —le pregunté a Alvar.

—Es ruso, cariño.

—¿Ruso? Pero… No entiendo ni papa, nosotros no estamos en Rusia, ¿no? Vamos para el lago y…

Mucho me temí que el guía no logró entenderse tampoco ni en lo más mínimo con aquellos hombres, más allá de un par de gestos que todos pudimos interpretar y que indicaban que intentáramos darnos la vuelta.

En esas estábamos cuando aquellos otros hombres bajaron de un camión militar que parecía haber salido de la nada y los primeros se esfumaron.

Ni que decir tiene que no entendimos ni media palabra de lo que nos dijeron, pero lo que sí entendí fue que la cara de Alvar reflejó la más honda de las preocupaciones.

Después de unos aproximadamente dos minutos que nos parecieron horas, uno de ellos se aventuró a decir un *"Documents, documents"*, mientras seguían apuntándonos con sus armas.

Por Dios que aquello parecía de una película digna del agente 007, ¿cómo diantres habíamos llegado hasta allí? Aquellos eran militares rusos y, sin duda, lo que estaba sucediendo obedecía a que, en algún momento y sin ser conscientes de ello, habíamos traspasado las fronteras con ese país.

Ni una señal vimos, esa era la realidad, pero lo que estábamos viviendo no dejaba lugar para la duda.

Con manos temblorosas, le entregué mi documentación a Alvar y él le pasó la de ambos a los militarles, lo mismo que hizo el guía con la suya.

Algo más apaciguados, albergué la esperanza de que nos dijeran que pasáramos de largo y que no se nos ocurriera volver por allí.

Sí, seguro que eso sería lo que pasaría. Nosotros no habíamos hecho nada malo y solo éramos unos turistas perdidos. Con la cantidad de malandrines que pululaban por el mundo, no veía yo razón para que nos buscaran las cosquillas.

Pero como a veces lo más sencillo es lo que se complica, bastó con un *"camera"* al divisar la que yo llevaba para que nuestra suerte no variara.

—Dales la cámara, cariño—murmuró Alvar y yo se la di, con la tranquilidad de que nada malo iban a encontrar en ella.

O eso pensaba yo porque eran muchas las fotos de aquellos días que había en ellas, en las que únicamente se nos veía a Alvar y a mí peluseando, o bien a las chicas, Lumi y Celia, la casa de Santa Claus… Pero había una, la última, que despertó su ira.

"Spies" fue lo único que dijo el que vio la foto y ahí entendí el motivo por el que los chicos me dijeron que mantuviera quietecita las manos.

Dios de mi vida, ¿por qué no la habría borrado? Pues anda que era bonito el edificio, que le daba un susto al miedo. Si yo la había guardado era, ni más ni menos, como un recuerdo, pero nada más.

Alvar intentó decirles por activa y por pasiva que no éramos espías, pero, entre que aquellos no debían manejar más de diez palabras en inglés, y que nos habían sentenciado a consecuencia de la dichosa foto, no hubo manera.

Encañonados por sus armas, nos subieron a aquel camión militar, mientras uno de ellos escoltaba al guía en el trineo, quien también estaba encañonado.

La niebla no nos lo había dejado ver, pero justo delante de nuestras narices se alzaba un pequeño pueblo con un destacamento militar donde Alvar y yo fuimos, ¡detenidos!

Sí, sí, solo la expresión ya daba miedo, pero es que nosotros fuimos a dar con nuestros huesos en unos calabozos de mala muerte como yo solo había visto en algunas películas…

Y no lo hicimos juntos, no, lo peor fue que nos separaron. A partir de ese momento, la suerte estaba echada. Un poquito de ración de derechos humanos, era lo único que le pedía al universo, pero todavía tardaría en servírmela…

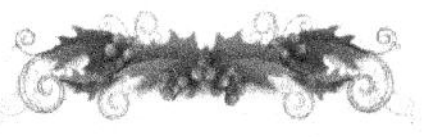

Capítulo 16

Después del fatídico día en el que tuve que enterrar a mis padres, aquel fue el peor de mi vida.

—Por el amor de Dios, ¿aquí nadie habla inglés ni español? —les preguntaba una y otra vez a aquellos soldados cuando entraban en mi celda.

"Mi celda", dos palabras que resonaban una y otra vez en mi cabeza. ¿En qué momento me había convertido en una prófuga de la justicia?

Sin prácticamente ninguna de mis pertenencias y, por supuesto sin móvil, me sentía la más desdichada de las mortales.

Mi único consuelo lo constituía que mi celda estaba pared con pared con la que compartían Alvar y el guía de nuestra maltrecha expedición, que corrió nuestra misma suerte.

Creyendo volverme loca, casi me río al pensar que ya sabía yo que los renos no me iban a traer nada bueno. Pero luego veía a aquellos militares desafiantes que se paseaban por allí exhibiendo sus armas y las ganas de reírme como que se iban al garete.

—¿Alvar? —le pregunté cuando llegó la noche y el silencio reinante propició que pudiéramos hablar.

—Cariño, no te preocupes, las cosas se han liado un poco, pero no te va a suceder nada malo, te lo prometo.

Mucho era decir aquello dadas las circunstancias, pero yo prefería creerlo a averiguarlo, eso también era verdad.

—¿Y cómo crees que se va a solucionar esto? Nos han tomado por espías, esa es la verdad y, si te digo lo que pienso, esto pinta fatal.

—Pero tendrán que demostrarlo, no van a poder...

—¿Cargarnos con el mochuelo? Pues no sé yo qué decirte...

Madre mía en la que me había metido. Por un momento no tuve nada de claro que me hubiera convenido en absoluto meterme en aquel marrón, con lo tranquila que estaba yo sacando las hogazas de pan en el pueblo en casa de la señora Lola.

Logré trasladarme mentalmente allí y eso me dio paz. Me vi delante del horno, respirando aquel delicioso olor y un recuerdo me llevó al otro.

Me vi rodeada de mis padres, en su cocina, mientras mi madre me preparaba aquella impresionante tarta de turrón que tantísimo me gustaba.

Siempre la misma secuencia, yo metiendo el dedo en la masa mientras ella me miraba como echándome la bronca y, en ese momento, era mi padre el que pasaba a la acción, haciendo lo mismo.

—¿A que me dejáis sin masa? Mirad que me quito el mandil y sanseacabó.

—No, mami, ¿qué sería de las Navidades sin tu tarta de turrón?

—Pues si tanto te gusta, Clarita, las manitas quietas… Y tú, maridito, igual.

"Las manitas quietas", bien podía haberlo tenido presente también aquel día. Miraba a mi alrededor y no me lo podía creer. Necesitaba evadirme en mis recuerdos para que no se me fuera la chaveta.

Y luego estaba lo del frío, porque el frío del suelo competía con el de los barrotes. Claro está que también me podía sentar en aquella especie de catre que hacía las veces de cama, pero es que me daba un asquito impresionante. Hasta pulgones tenía que haber allí y del tamaño de pompones.

Solo de pensarlo no podía parar de rascarme por todos sitios. Qué asquito, por el amor del cielo, vaya fatiga…

En lo relacionado con el pan, menos mal que decían que en Rusia siempre ha tenido este alimento un lugar especial en las mesas de sus gentes y que cualquiera estaría deseando hincarle el diente. Menos mal, porque el engrudo aquel que nos sirvieron con una especie de agua en la que no sabía qué demonios era aquello que flotaba, y a la que el soldado en cuestión llamó *"soup"*, me dejaron loca.

Como contrapartida y para que no se me fuera la pinza, procuraba pensar en todas aquellas exquisiteces que había probado con Alvar en Laponia, así como en todos los sitios en los que habíamos estado y todas las risas y confidencias compartidas.

En mi caso, no me había visto en otra en mi vida. En el suyo, era la segunda vez que se veía privado de libertad, aunque de la primera hubieran pasado ya un buen porrón de años.

Fuera como fuese, hablar con él era lo único que lograba darme un poco de tranquilidad en aquel caos en el que se había convertido mi vida en las últimas horas.

Si ambos nos sentábamos en el suelo, cerca de los barrotes, y sacábamos nuestras manos, éramos capaces de llegar casi a tocarnos con las puntas de los dedos. Lo intentamos en aquel momento, claro que no contábamos con la mala baba de un oficial que nos amenazó con la culata de su arma si volvíamos a hacerlo.

Qué cierto es aquello de que determinados lenguajes son universales y no precisan de ningún traductor porque fue ver su cara y caer en la cuenta de que allí no se andaban con chiquitas.

—Clara, no tengas miedo. Ten presente que no van a hacernos ningún daño—me comentó para tranquilizarme.

—¿Y qué te hace pensar eso? Yo no las tenía todas conmigo porque, en mi caso, el miedo hablaba por sí solo.

—No van a querer crear un conflicto internacional, mi niña. No hay ningún motivo, no somos una amenaza para ellos.

—No lo somos en la realidad, pero nos han tomado por espías, ¿tengo que recordártelo?

Fui hasta un tanto descortés con él, pero es que los nervios estaban dando al traste con la poca serenidad que me quedaba.

—Te prometo que vamos a salir de aquí, sanos y salvos.

—Pero ¿cuándo?

—Pronto, en cuanto llegue un traductor, ya lo verás. ¿Qué me prometes si es así?

—Lo que tú quieras—le confesé, dada mi desesperación.

—Buah, podría aprovechar para pedir muchas cosas, pero seré bueno. Lo que quiero en ese caso es que te quedes a pasar conmigo las Navidades.

—Hecho—resolví con total seguridad.

—¿De veras?

— Hombre claro y te bailo una jota castellana si eso. Te prometo que, si salimos de esta de una pieza, no solo me quedo a pasarlas contigo, sino que van a ser las Navidades de mi vida.

—Pues eso ya puedes darlo por hecho, bonita.

Pero no, aquello era un decir. Por mucha seguridad que Alvar quisiera transmitirme con sus palabras, el tono de su voz reflejaba lo complicado del momento que estábamos viviendo.

Y es que era tremendo, en Rusia, presos, sin intérprete y acusados de espías… si me pinchan no me sacan ni gota de sangre, oigan.

Intenté dormir, pero no pude. Entre otras cosas, tenía el estómago como un acordeón del hambre… Había perdido la noción del tiempo cuando vi entrar aquellos rayos del sol por el ridículo ventanuco que se suponía estaba llamado a alumbrarme.

Cielo santo, qué faltita hacían allí unas buenas lámparas. Nunca había visto un lugar más lúgubre. Y encima, maloliente. Por lo único que daba gracias a Dios era porque, al menos, aquella celda no tuviera que compartirla con nadie más porque eso sí que hubiera sido la monda.

La limpieza brillaba por su ausencia y es que, realmente, aquel edificio parecía dejado de la mano de Dios… Si al menos fuera un lugar en condiciones sentiría miedo, pero no tanto asco…

Escuché al guía roncar y pensé que todo era susceptible de empeorar. Si tuviera unos tapones en los oídos… porque sus ronquidos iban en aumento.

—¿Alvar? —le pregunté viendo que uno de los soldados abría la puerta de su celda y le indicaba que saliera, lo que dio al traste con el sueño del otro hombre que, alertado por aquella situación, pareció despertarse.

—No te preocupes, Clara, estaré bien. Seguro que quieren preguntarme algo.

Ahí le había dado. Que querrían información era seguro, otra cosa sería los métodos que utilizaran para obtenerla.

No sentí pánico, sino lo siguiente. Apenas podía imaginarme qué se escondería detrás de aquellas celdas, en las oscuras dependencias a las que daban paso unas destrozadas puertas que se me antojaron como las del infierno.

Comencé a rezar a todos los santos cuanto sabía. Hasta las *"cuatro esquinitas tiene mi cama"* debieron caer, con los cuatro angelitos que me las guardara incluidos.

Lo único que le pedía al cielo era que no le hicieran daño. Cerraba los ojos y me acordaba de esa preciosa boca que tanto y tanto me gustaba besar. ¿Cómo habíamos llegado a aquella situación?

La ironía quiso que recordase lo que me dijo Alvar de que lo íbamos a pasar de muerte, solo esperaba que aquello no fuera literal. ¿Habían acabado nuestros días? No, no podía ser…

Según su teoría, era la fortísima nevada la que había impedido que un intérprete acudiera para echarnos una mano y solventar tan ridícula situación. Ojalá tuviera razón, porque yo notaba que las fuerzas se me iban.

Debía tener más fe que nunca, debía agarrarme a un clavo ardiendo, debía pensar que, por muy mal que se pusieran las cosas, todo iba a salir bien…

Al menos eso era lo que yo quería pensar. Afiné el oído, pero no conseguí escuchar nada, aunque por otra parte pensé que, si le estaban haciendo algún daño, moriría de pena si lo escuchaba.

Pero claro, cuando temes algo y no puedes comprobarlo, también se te hace de lo más complicado. No, por Dios, que lo dejaran tranquilo, que no le tocaran ni uno de sus preciosos pelos, que nos permitieran…

Sí, era lo que estaba pensando, que nos permitieran disfrutar de lo nuestro. No, no estaba loca y tenía claro que ni siquiera había pasado una semana desde que lo conocía, pero por lo que estaba sintiendo, era posible enamorarse en unos días.

Yo, enamorada... Con lo mal que encontraba en España, perdida en la vida y sin ningún aliciente.

Hice muchas cábalas, ¿qué tenía que perder si me quedaba en Laponia para comprobar si Alvar era el amor de mi vida?

En todo caso, un poco de tiempo... Pero también todo podía salir bien y ganar un cien por cien de alegría. Medios no nos iban a faltar y, además, yo podría trabajar codo a codo con Celia, esa chica que tan bien me caía.

Necesitaba pensar en algo bonito para mantener la cordura, ¿concluiría que todo aquella era una locura cuando saliera de allí?

Pues lo mismo sí y, llevada por el miedo, cogía mis maletas y me volvía a España a la velocidad del rayo.

Qué cobarde, ¿no? Alvar sí y Alvar no, seguí dándole vueltas al coco hasta que escuché aquel ruido que me hizo levantarme como un resorte.

¿Qué mierda había sido eso? Por mucho que me lo negara a mí misma, no podía; un tiro, lo que yo había escuchado había sido un tiro y, si Alvar había sido quien lo recibiera, se me caería el alma a los pies.

—¡¡Alvar!! —chillé con todas mis fuerzas, sabedora en ese instante de que sí, me había enamorado de ese hombre y por eso quería que la tierra me tragara cuando pensé que pudiera haber muerto.

Lo decidí en una milésima de segundo; si el universo me lo devolvía yo intentaría que lo nuestro funcionara, me quedaría en Laponia o llegaría a Marte si era necesario.

Mi grito no tuvo contestación alguna, razón por la que pensé que quizás, mi pacto con el universo hubiera llegado demasiado tarde.

Sentada de nuevo en el suelo, metí la cabeza entre mis piernas y comencé a llorar con toda la amargura que puede hacerlo un ser humano.

Un minuto interminable transcurrió antes de que de nuevo viera unas sombras que, por el oscuro pasillo, avanzaban hacia las celdas.

—¡¡Alvar!! —chillé de nuevo, pero esta vez con júbilo al ver que venía sin daño alguno.

—Bonita, mía, tranquila, no me han hecho nada…

—Me hubiera muerto si te lo hacen, he chillado, he pataleado, he llorado…

—Los muros son muy gruesos, confiaba en que no se hubiera escuchado el disparo…

—Me temo que ese sí y creí que iba dirigido a ti…

—No, se le ha escapado a uno de los soldados, que parecía muy juguetón con su pistola.

"¿Juguetón?", mal rayo lo partiera, al soldado digo, que yo estaba como unas castañuelas de que me hubieran devuelto a mi chico.

Dos días más tarde me sentía morir. Y no solo porque desde que vivimos el aludido suceso del disparo mi estómago se vio resentido y fui incapaz de engullir ninguna de las "delicias" que allí nos proporcionaron, sino porque mi estado de ánimo estaba por los suelos.

—Mi niña, aguanta, parece que la ventisca ha cesado—me dijo Alvar desde su celda.

—¿Y eso qué significa? — Yo estaba próxima al delirio.

—Pues que el intérprete no va a tardar, ya lo verás.

Eso de que no iba a tardar ya lo veríamos, que a mí me parecía que allí iba todo más lento que en un desfile de cojos.

Efectivamente, se tomaron su tiempo. En torno a unas seis horas después fue cuando apareció por allí aquel chaval de aspecto menudo a quien yo iba a considerar desde aquel momento como mi ángel de la guarda.

—Hola, me llamo Alexander y tú debes ser Clara—me comentó según se acercó a mi celda.

—Pero tú no eres intérprete, ¿no? También eres militar.

Fue lo único que acerté a decir, quizás movida por el miedo de que su condición profesional no le dejase ser todo lo imparcial que debiera.

—Soy militar, pero también intérprete. No te preocupes por nada, tienes cara de asustada, no me pareces una espía.

—¿Es que los espías llevan escrito en la frente que lo son?

—Obvio que no, pero tampoco suelen mostrar la cara de cordero degollado que tienes tú.

—Por cierto, hablas mi idioma a la perfección, ¿por qué?

—Digamos que viene por mi bisabuelo, que fue uno de los famosos Niños de la Guerra que llegaron a Rusia durante la Guerra Civil y que ya nunca retornó. Él les transmitió su idioma a sus hijos y así sucesivamente, hasta llegar hasta mí.

—Pues en tu familia han llevado a cabo una labor encomiable. Y no veas si me alegro por la parte que me toca. Tienes que decirles que no hemos hecho absolutamente nada. Yo soy española y Alvar y el guía son fineses. Yo me alojo en el resort de Alvar y pretendíamos hacer turismo. Solo eso…

—¿Y lo de la foto? Porque dicho así suena muy romántico, pero tendremos que convencerlos de que no eres ninguna espía y un poco empecinados sí que están.

—Pues qué quieres que te diga. La hice porque me pareció que el edificio era un tanto peculiar, pero feo también, ¿eh? Pero bueno, para llevarme un recuerdo más.

—Creo que con ese comentario será suficiente para eximirte—bromeó al respecto de que me hubiera parecido un rato feo el lugar en cuestión.

Aquello era de locos. Lo mejor sería que le preguntara a Alvar, él podría detallarle con mayor certeza cuál era nuestro plan y quizás, cuando comprobaran nuestras identidades, trabajos y demás, nos abrieran aquellas celdas en las que yo me estaba pudriendo por dentro.

No quería ni imaginar lo que debía estar pasando mi tía Marita cuando intentara dar conmigo y no pudiera. Mejor le decía que había tenido el dengue o que me habían abducido los extraterrestres, cualquier cosa menos que los militares rusos me habían apresado y acusado de espía.

Madre del amor hermoso, con lo pronto que se montaba la mujer una película, aquello le iba a parecer digno de una serie de esas como "El tiempo entre costuras". Lo que le faltaba; mi primo todo el día despotricando en la sillita por tener las dos piernas partidas y yo presa en la Conchinchina, o en Rusia, que para el caso venía a ser lo mismo.

Escuché cómo Alvar y Alexander hablaban largo y tendido en inglés sobre la cuestión.

Después mi ángel de la guarda se acercó al resto de los militares y abrió ese piquito para contarles, en aquel idioma tan endiablado que era el ruso, cómo se habían desarrollado los hechos, con pelos y señales.

Aquellos, no demasiado convencidos, terminaron por hacer un buen montón de llamadas. Supongo que comprobarían nuestras coartadas, pedirían fichas policiales que nos descartaran como espías y similares.

Sus pesquisas no fueron moco de pavo, no. Sus buenas tres o cuatro horitas que se tiraron al teléfono, pidiendo todo tipo de información que avalara lo que le habíamos contado al intérprete.

De mala gana, terminaron por abrir nuestras celdas.

—Ya os podéis ir, pero os van a escoltar hasta la frontera. Me han venido a decir que, como volváis a entrar en otra ocasión de forma irregular, vuestra buena suerte se habrá acabado—nos transmitió Alexander.

—¿Otra vez, dices? Palabra que yo de los rusos no quiero volver a saber nada. Ni de su ensaladilla, fíjate lo que te digo.

Miré a Alvar y estaba guapo porque lo era de nacimiento. Pero desmejorado también parecía bastante…

Si él estaba así, no quería ni imaginar cómo debía verme yo, a quien los nervios me habían jugado bastantes peores pasadas que a él.

—Cariño—me abrazó fuerte, muy fuerte al verme…

—Alvar, por fin…

—No me voy a perdonar en la vida haberte metido en este problema. Yo te prometí que te iba a cuidar siempre y no he estado a la altura.

—¿No has estado a la altura? Eso lo dirás tú, bonito de cara, porque lo de venir a parar aquí no hemos podido evitarlo, ha sido fruto de la mala suerte, pero ¿qué voz ha sido la que me ha tranquilizado cada vez que lo he necesitado?, ¿o cuál la que me ha dado aliento en el silencio de la noche cuando todos los fantasmas se empeñaban en venir a visitarme? Lo siento cariño, pero la has fastidiado; ahora me vas a tener que aguantar en Navidad e incluso, quién sabe si por tiempo indefinido.

Sus ojos se llenaron de lágrimas preguntándome si lo decía en serio. Y lo mejor del caso era que no sabía él cuánto…

… Y llegó la cena de Nochebuena y allí estábamos todos… Bueno, lo de todos es un decir, voy por partes.

En el salón de la casa de Alvar, que era una auténtica preciosidad y a la que habíamos llegado la tarde anterior, nos encontrábamos Celia, Lumi, los padres de esta y de Alvar, mi chico y yo.

Sus padres, Gala y Daniell, habían llegado esa misma mañana y Alvar me había presentado como su novia. Después de haber estado presos tres días, nos sentíamos realmente unidos. Y celebrar las Navidades en Laponia pondría el broche de oro a unos días que, ahora sí, podía calificar como de más que intensos.

La mañana la habíamos pasado las chicas y yo con Gala, decorando la casa por dentro, mientras que Alvar y su padre colocaron tal cantidad de luces por fuera que yo creía que su fachada podrían verla desde la Estación Espacial Internacional.

Después habíamos encargado la cena al mejor restaurante de la zona, por aquello de que, en casa del herrero, cuchara de palo. Y, aunque la que ya me llamaba nuera era cocinera, poco tiempo nos habría dado a montar a nosotros nuestro particular festín culinario, pues con tanto ajetreo tuvimos las horas contadas.

A media tarde, antes de que cada cual estuviera atendiendo a las cosas de su cena, hicimos una videoconferencia con mi tía Marita y mi primo Alfredo, así como con mi amiga Carla.

—Hija de mi vida que no me has matado de un susto de milagro—me dijo en referencia al tema de nuestro apresamiento.

—Tita, no te lo iba a contar, pero pensé que si no lo hacía iba a ser peor. De no decirte por qué estuve sin cogerte el teléfono tres días, te ibas a montar una película todavía más grande y mira que es difícil.

—Tú di que no me planté en Laponia de milagro, porque ya tenía hasta el billete visto por Internet.

—Sí, prima, es verdad, que estaba dispuesta a dejarme aquí, solo y tullido, con tal de ir a buscarte...

—Solo y tullido dice el tío, anda que no eres tú quejica. Pero que el año que viene no tenéis escapatoria, ¿eh? Vendréis a pasar las Navidades con nosotros sí o sí.

—Eso contando con que el año que viene te sigan aguantando allí, prima, que también es mucho decir.

—Mira lo graciosito que está mi primo, ¿a que voy y le quito los frenos a la sillita?

—Muy aguda, prima, te dejo con tu tía, que te quiere más a ti que a mí.

—Mira que eres picajoso, hijo mío. Pues claro que iremos a verte en las Navidades que viene, Clarita. Pero yo tengo que ir antes y vosotros venir al pueblo también, ¿eh?

—Tita y cuando vengas te alojarás en uno de los iglús, que son de cristal y se ve todo el exterior.

—Hija de mi vida, ¿y hacia dentro también? Pues debe parecer que vive una en un *reality* de esos, allí…

—Más o menos, tita, son una pasada.

—Pues a mí plin si se me ve, resérvame uno con las mejores vistas—añadió Carla que era imparable.

—Eso está hecho, amiga, que te debo una. No te dejé venir conmigo porque quería estar sola y mira…

—Sí, sí, no me hagas hablar por lo que más quieras, que ya he visto lo sola que estás…

Tenía razón mi amiga. No podía estar mejor acompañada. Y lo mejor de todo era la amorosa mirada de mi chico, que no cabía en sí de gozo desde que empezamos a hacer planes juntos.

A la hora de la cena, en la que todos nos vestimos de gala, la armonía reinaba entre nosotros.

—Yo no es por nada, pero esto de tener a mi hija, a mi nuera y a mi exnuera juntas en la mesa es toda una alegría—comentó Gala, que era una mujer elegante y refinada donde las hubiera, que además se notaba que tenía un carácter muy bonito.

—Y eso si no tienes a tu nieta, que ya se verá—añadió Lumi y a los futuros abuelos se les abrieron tanto los ojos que parecían búhos.

—¿Cómo has dicho, hija?

—Que es broma, que es broma—les contestó ella y los dos se quedaron como apesadumbrados.

—Lumi, hija, esas bromas no se gastan, que nos habíamos hecho ilusiones por momentos…

—Ah, pues si tanto os fastidia que vuestro futuro nieto sea niño y no niña, no es mi culpa…

—Entonces, ¿no es broma? ¿Estás embarazada?

Yo no sé si eso de que Santa Claus entra por la chimenea es o no verdad. Lo que sí es que el bonachón de las barbas blancas había llegado hasta esa casa con el mejor de los regalos; la noticia de que una nueva generación estaba por llegar.

—Un brindis, un brindis—comentó Celia tan pronto el espectáculo de abrazos y lágrimas que los futuros abuelos protagonizaron se acabó.

—Muy bonito, justo ahora que una no puede llevarse una mísera gota de alcohol a la boca—Lumi se hizo la indignada.

—Pues te aguantas, no te hubieras dejado preñar, que mira como yo de tu hermano no me dejé—le contestó Celia que parecía tener salidas para todo.

—Claro, como que es lo mismo, pues anda que lo mío ha sido por un despiste. Yo no sé si el niño vendrá o no con un pan debajo del brazo, pero lo que sé es que, hasta ahora, me llevo gastado una pasta en que esto se vea así. —Se puso de perfil y todos pudimos apreciar aquella curvita incipiente que tanta felicidad anunciaba.

—Lumi, tu padre y yo no entendemos nada, pero ya nos explicarás.

—Sí, sí, ya os explicará, pero mejor antes os tomáis una o dos copitas—añadí yo entre risas pensando que aquel embarazo no era de lo más convencional. Aunque si algo lo era en aquella mesa, que bajara Dios y lo viera.

Capítulo 19

El día treinta por la mañana, recibí una invitación por parte de Alvar que no pude rechazar.

—Aquí tenemos dos billetes para irnos a tu pueblo a pasar el Fin de Año, ¿te apetece? —Me los puso al lado de mi taza de té.

—¿Qué me estás contando?

—Pues que hace un par de días hablé con tu tía Marita y le dije que, si convencía a tu primo para llevarle a su casa a pasar el Fin de Año, nosotros también iríamos.

—Tú estás como una cabra…

—Como una cabra sí, dando saltos de alegría por estar contigo.

Alvar no se las pensaba y empezó a saltar por el comedor…

—No seas lacio, ¿eh? —Me reí con ganas.

—¿Lacio? ¿Encima? No me seas tú desagradecidilla, jovenzuela y corre a hacer la maleta.

La hice con una ilusión inusitada. Haber celebrado las que sin duda fueron las Navidades de mi vida en Laponia fue todo un gustazo, pero darle la bienvenida al Año Nuevo en mi pueblo, no iba a ser menos.

Aterrizamos en Salamanca el mismo día de Nochevieja por la mañana.

—Cariño, dichosos los ojos que te ven… —Mi tía Marita se deshizo en carantoñas conmigo.

—Eso, prima, dichosos, que no veas la que hemos tenido que liar para estar todos juntos, nada más y nada menos que venir de Ferrol hasta aquí.

—Alvar ella es mi tía Marita, aunque entre las videoconferencias y la que habéis liado estos días a mis espaldas, creo que la conoces muy bien. Y este es el pitufo gruñón. Espera no, que me he equivocado, es mi primo Alfredo.

—Prima, tú tan ingeniosa como siempre.

—Al menos es lo que se intenta, primo…

Un ratito después nos fuimos a ver a Carla para tomar algo con ella en la plaza del pueblo, pero antes pasamos por la casa de mis padres.

—¿Te apetece subir? —me preguntó él, a sabiendas de que hacerlo me costaba un horror.

—Contigo sí. —Tenía la sensación de haber vivido ya muchas cosas con ´él, pese a ser tan poco el tiempo compartido.

Subimos y, aunque tuve que respirar hondo para entrar, después abrimos puertas y ventanas para que corriera el aire. Mientras lo hacía, para mí que vi a mi madre tendiendo la ropa al mismo tiempo que cantaba y a mi padre, en lo alto de aquella escalera salpicada de los goterones de pintura rosa de mi cuarto, cambiando una de las bombillas del salón.

Eran tanto los recuerdos que fue inevitable que los viera por todos lados…

—¿Estás bien? —Alvar me invitó a que me sentara con él en nuestro sofá. Aquel lugar era otro de los puntales de la casa; cuántas bolsas de palomitas pudimos consumir allí, cuántos recuerdos, cuántas risas, cuántas conversaciones y cuántos momentos vividos…

—Estoy bien, solo que un poco emocionada.

—¿Quieres que nos quedemos esta noche aquí? —me preguntó mientras me abrazaba.

—No, así no voy a poder…

—No te entiendo.

—Es muy sencillo; quiero conservar esta casa, pero no puedo hacerlo tal como está. Son tantas las vivencias que los veo en cada rincón. Necesito darle un aire nuevo, sentir que es la misma casa, pero…

—Pero sin tanto dolor, ¿no?

—Exacto, lo iremos haciendo poco a poco. Encargaré a un equipo de decoración que conozco una reforma integral y, para el verano, podríamos acercarnos unos días por aquí. Seguro que ya lo tienen todo listo. —Yo tenía dinero contante y sonante del seguro de mi padre y podría emplear una parte en ello.

—Hombre claro, que yo no me quiero perder la playita.

—Alvar, ¿tú estás bien ubicado? Porque como esperes coger mucho solecito playero en Salamanca te vas a llevar un chasco de no te menees.

—Yo todavía me pierdo un poco, pero ya me ubicaré.

—Mejor, mejor.

Nos reunimos con Carla y los presenté. En cuanto Alvar se levantó para ir a pagar, su pregunta no se hizo esperar.

— ¿Y no tiene un amigo parecido a él? No veas el tiarrón que te has agenciado y encima rico. Y eso que parecías tonta cuando te compré…

—¿Tonta? Te voy a dar tonta yo a ti… Sabes que lo de su dinero es lo de menos para mí.

—Pues no te digo yo que no, pero que tampoco es para llorar. Que digo yo que un poquito más fácil sí que os hará la vida.

—Sí, sí, pero yo voy a dar el callo como la que más en el resort. Lo tengo hablado con él, curraré con Celia y con el resto de las chicas.

—¿Tú estás segura? Porque mira que yo de ti me dedicaría a *living* la vida loca y santas pascuas, que el tío está forrado.

—Sabes que yo no he nacido para eso.

—Madre mía, que Dios le dé siempre pañuelo a quien no tiene nariz es una verdadera cruz, pero qué se le va a hacer.

—Una cruz es aguantarte a ti, Carlita.

—Y otra a ti, Clarita, que por algo nuestros nombres son tan parecidos.

—Anda, pero si a lo tonto, a lo tonto, ya tenemos que ir a preparar la mesa. Son las ocho de la tarde.

—Normal, copichuela para arriba y copichuela para abajo, se nos ha ido el santo al cielo. Y, por cierto, ¿cómo lleva un ricachón como él celebrar la Nochevieja en una casa como la de todo hijo de vecino?

—Pues divinamente, ¿o no ves que el tío es de lo más sencillo?

—Si es que encima es hasta humilde, tira para allá que todavía te lo quito. Y otra cosa, después de las uvas voy a veros, pero como se te ocurra hacer la bromita de querer emparejarme con el aguafiestas de tu primo lío la marimorena.

—¿Y por qué no? ¿Tú no querías un novio? Pues el chico está de muy buen ver…

—Sí, pero dentro de una urna, como un bicho en peligro de extinción, huraño y peligroso.

—No exageres, que yo creo que haríais buena pareja.

—Clarita, ¿me puedes hacer un favor?

—Dime, Carlita.

—Vete un poquito a la mierda, pero solo un poquito, ¿eh?

Capítulo 20

Mientras poníamos la mesa para cenar, mi tía fue a abrir la puerta.

—Hijos, tenemos un par de invitados más, espero que no os importe, no os dije nada para daros la sorpresa.

—Pues sí que nos la has dado, mamá—refunfuñó mi primo, que ese si no hablaba, reventaba.

—¿A que no nos esperabais? —Lumi hizo su entrada triunfal por casa de mi tía, ¡con Markus!

La cara de Alvar era un poema.

—Markus, ¿se puede saber qué hacéis aquí?

—Cualquiera diría que no te alegras de vernos, hombre. Tu hermana y yo queríamos daros una sorpresa y comentaros algo.

—Que estáis juntos—añadí yo y la carita de Lumi me dijo que así era.

—No, eso no puede ser…

—Alvar, cariño, ¿estás bien?

Con todo lo largo que era mi chico, la sangre no le debió llegar bien al cerebro en aquel momento, porque se quedó pálido como la cera.

—Regular, estoy regular.

—Hermano, déjate de numeritos que es el mejor cuñado que te puedo traer, ¿o no?

Lumi recorría el salón alegremente mirando nuestras fotos familiares y sin darle la más mínima importancia a lo mucho que su hermano se había soliviantado.

Sin embargo, Markus estaba ojo avizor, como pensando que, con un poco de mala suerte, ese ojo sería el que su amigo le pusiera a la virulé.

—Estuvimos por decíroslo en Laponia, pero pensamos que sería mejor hacerlo en territorio neutral.

—No me hables de territorio neutral, que eso me recuerda a mí a la guerra. Y la guerra a los militares y…—concluí la frase ahí.

—Y eso aquí ni se mienta, hija, que todavía se me pone un mal cuerpo que para qué…

Mi pobre tía no quería ni acordarse del suceso y lo que tocaba a mí, todavía se me ponía todita la carne de gallina. Aunque debía reconocer que aquello me dio el respaldo para darle una oportunidad al hombre del que me estaba enamorando más cada día.

—Bueno, pero vamos a ver, ¿tú te has dado cuenta de que mi hermana está embarazada? —Alvar no sabía por dónde empezar a abordar el tema.

—Anda, mi madre, que esto es como una película de esas nórdicas, pero en vivo y en directo. —A mi primo Alfredo solo le faltaba comer palomitas.

—Pues claro que me he dado cuenta, Alvar, ¿y?

—¿Y tú vas a ser el padre de ese niño?

—Pues claro que sí, ¿qué piensas, amigo? ¿Me ves estando solo para lo bueno y no para arrimar el hombro en su cuidado?

—Yo no entiendo nada. Hermanita, ¿tú no eras la que decías que no querías compartir a tu hijo con nadie?

—Pero eso era porque no había dado con la persona correcta todavía.

—¿No habías dado? Pues a Markus lo conocemos desde hace mil años, ¿o te lo tengo que recordar?

—No me tienes que recordar nada, que vaya temitas que están saliendo aquí esta noche, menos mal que es Nochevieja.

—Eso digo yo, *"alegría, alegría, alegría... alegría, alegría y placer, que esta noche nace un niño en el Portal de Belén..."*—comenzó a cantar mi primo.

—Alfredo, leches, que las Navidades ya han pasado.

—Yo qué sé, que siempre he confundido todas las fiestas, pero que debo reconocer que esta está de lo más animada. Por cierto, diles a los finlandeses si no tienen una chica para mí, que al final soy el único que se quede para vestir santos.

—Pues será porque tú quieras, hijo, que bien gracioso eras de niño, lo que pasa es que ahora has echado un carácter que no sé yo...

Alvar me miraba como no dando crédito al cruce de conversaciones que allí se estaban dando. Ciertamente, resultaba de lo más surrealista y cómico.

Después de la cena, tomamos las uvas y, tras ellas, cada uno pidió un deseo. En contra de lo que se dice de que cada uno debe escribir un deseo y quemar el papel después, nosotros los dijimos en alto.

—Yo deseo que mi sobrina encuentre todo lo que le ha faltado en el pueblo en Laponia o como quiera que se diga el sitio ese—dijo mi tía.

—Yo deseo darle a mi chica todo lo que precise para que sea la más feliz del globo—pronunció Alvar.

—Yo deseo que mi amigo Alvar entienda que quiero a su hermana y que me gustaría ser el mejor padre del mundo para su sobrino—añadió Markus.

—Yo deseo que mi niño crezca dentro de mí sano y que sea igual de feliz que ha sido siempre su madre—concluyó Lumi.

—Yo deseo que, el año que viene, todos volvamos a estar reunidos y nuestros deseos se hayan cumplido—confesé yo.

—Yo deseo una novia, pero ya—sentenció mi primo.

En esas, entró Carla por la puerta, que vivía a un escaso minuto de mi tía y a quien le faltó el tiempo para estar con nosotros.

—¿Por qué me miráis así? —preguntó extrañada y es que todos nos reímos porque llegó en el mismo momento en que mi primo pronunció su deseo.

—Debe ser porque yo he deseado una novia y tú has entrado volando por las puertas, Carla—le espetó él.

—Mira, Alfredo, yo te voy a decir una cosa; ahora que no puedes salir corriendo, voy a coger un palo y te voy a baldar como sigas diciendo sandeces, ¿eh?

—Eso, eso, que amores queridos son los más reñidos—añadí yo y mi amiga me indicó con los ojitos que me callara si no quería salir apaleada yo también.

—Vale, vale, hija qué carácter… Mira te presento a Lumi, mi cuñada, y a su novio, Markus.

—Lo dicho, con tanto muñeco finlandés suelto y a mí me queréis endosar esto—dijo refiriéndose a mi primo.

—Carla, córtate un poquito, anda, que al final me va a dar pena hasta a mí. Y mira que yo soy la primera que le doy tela de caña al mequetrefe este de mi primo.

Epílogo

9 meses después

—Clarita, hija, no puedes ir más guapa—me dijo la señora Nicolasa cuando me vio pasar por la puerta de su casa.

—Clara, guapa, eres un calco de tu madre el día que se casó—comentó la señora Paca y ahí tuve que aguantar las lágrimas.

Mi primo Alfredo, ya con las piernas en condiciones, era quien me llevaba de su brazo, a falta de que lo hubiera podido hacer mi querido padre.

—Prima, tú mira hacia delante y no te vayas a echar a llorar, ¿eh? Que te advierto que como lo hagas tú, yo voy detrás.

—¿Y desde cuándo eres tú un sentimental, primo?

—Hombre, uno se pone su coraza, pero que sí que lo soy.

Alvar y yo habíamos decidido casarnos en mi pueblo, por aquello de que en Laponia ya vivíamos. Llevábamos haciéndolo allí desde primeros de año y yo me había adaptado a la perfección.

Aquel verano fuimos a ver las obras de la casa de mis padres y fue el momento en el que Alvar me pidió matrimonio. No pudo tener más salero, porque aprovechó una representación de teatro que había en la plaza del pueblo para, al final de esta, subirse al escenario y pedirme que si quería ser su mujer delante del vecindario al completo.

Miré a todos los presentes y pensé que mi vida se había reconducido mucho mejor de lo que jamás hubiera pensado. Celia y Carla eran mis damas de honor.

Sí, la cara que se les quedó a mis vecinas, sobre todo a las mayores, cuando el torbellino Celia llegó al pueblo y les contó que ella era la ex del novio, no tuvo precio.

Dicho así podía sonar curioso, pero, cualquiera que nos viera en Laponia, trabajando codo con codo en el resort, entendería que era mucho más que eso; se había convertido en una de mis mejores amigas.

Tampoco Mara y Raquel, mis compañeras de estudios en Salamanca, se perdieron la boda.

Y quienes ocuparon en ella un lugar destacado fueron mi tía Marita y mis suegros, como es normal.

Pero un personajillo con pocos meses de vida fue el que de verdad me hizo sombra a mí como protagonista del enlace; se trataba de Jalo, el hijo de Lumi y Markus, que no podía estar más salado.

Resulta que Markus, desde antes ya del nacimiento del niño, se había trasladado a Nueva York a vivir con Lumi. El cambio fue tremendo, pero él decía que le valía la pena y de sobra.

Ante tal gesto, a Alvar, que era bastante cabezón, no le quedó otra que reconocer que su amigo era un tío que se vestía por los pies y que quería con locura a su hermana.

—Cuñadita, el ramo de novia es para ti— murmuré al pasar por su lado y ella me devolvió una preciosa sonrisa.

—Si es porque soy la próxima, te lo puedes ahorrar, que yo no soy de bodas—me contestó, pese a que en su sonrisa se adivinaba su agradecimiento.

—Tú dáselo, que eso ya se verá, que tampoco quería un padre para su hijo y aquí está el tío— añadió Markus, haciéndola sonreír.

Pero para sonrisa bonita la de mi Alvar en el altar, al ladito de su madre…

Don Damián no las había tenido todas consigo de casarnos al finlandés y a mí, porque él de católico tenía menos que yo de ministra, pero al final cedió.

—Lo que no haga uno por la juventud del pueblo…—me dijo según llegué al altar.

—Don Damián, alégrese que hoy es un día feliz—le contesté yo.

Y tanto que lo era, si teníamos en cuenta que la última vez que nos vimos fue para oficiar el entierro de mis padres, nuestra boda no podía ser un acontecimiento mejor.

—Estamos aquí reunidos para unir en santo matrimonio a Clara y a Álvaro…

—Don Damián, que no es Álvaro, que es Alvar—murmuré entre dientes.

—Vaya, hombre, si encima no voy a dar una a derechas—gruñó un poco porque así era él y le sacó la sonrisa ironiquilla a mi primo y padrino, ya que parecían estar cortados por la misma tijera.

—Da igual—me dijo Alvar que, con tal de casarse conmigo, como si lo quería llamar Eustaquio, él iba a darle el "sí, quiero" de todas formas.

Aunque para ese momento, resultó que su pequeño sobrino comenzó a berrear de tal modo que, antes de que su hermana lo sacara de la iglesia, mi chico gritó un "sí, quiero" que todavía hoy se recuerda en el pueblo como el más sonoro de la historia.

¿Y qué decir del resto del día? Pues que fue un compendio perfecto de lo que iba a ser nuestra vida en común; una vida en la que Alvar me demostraba cada día por qué era el hombre que yo había elegido para vivirla.

Sentada con un dolor de pies impresionante al final del convite, comencé a reírme.

—Tengo los pies como dos botas, míralo.

—Eso es de tanto bailar, esposa mía—murmuró él mientras me callaba a besos.

—De tanto bailar y de tanta revolución hormonal, que una no está embarazada todos los días—le confesé.

—¿Embarazada? ¿Estás segura? —Las lágrimas comenzaron a regar sus mejillas.

—¿Acaso me has visto tomar una copa de alcohol en todo el día? Si incluso de la de champán de bienvenida he dejado casi todo su contenido.

—Es cierto, solo te mojaste los labios…

—Ven aquí, que se me ocurren otras muchas maneras de hidratármelos—le comenté mientras comenzaba a besarlo sin poder parar.

No tardó en cogerme en volandas y llevarme hasta la suite del hotel en el que nos alojaríamos esa noche. No, no era un iglú de cristal, pero pese a que sus paredes no eran transparentes, puedo prometer que en su interior vi las estrellas.

Alvar era el hombre que toda mujer querría para compartir su vida. Y yo era consciente de que a veces tienes que hacer un movimiento para buscar la felicidad. La mía me esperaba en Laponia y hasta allí llegué para encontrarla.